LE VOYAGE DANS LE PASSÉ

Né à Vienne en 1881, fils d'un industriel, Stefan Zweig a pu étudier en toute liberté l'histoire, les belles lettres et la philosophie. Grand humaniste, ami de Romain Rolland, d'Émile Verhaeren et de Sigmund Freud, il a exercé son talent dans tous les genres (traductions, poèmes, romans, pièces de théâtre) mais a surtout excellé dans l'art de la nouvelle (*La Confusion des sentiments, Vingt-quatre heures de la vie d'une femme*), l'essai et la biographie (*Marie-Antoinette, Fouché, Magellan...*). Désespéré par la montée du nazisme, il fuit l'Autriche en 1934, se réfugie en Angleterre puis aux États-Unis. En 1942, il se suicide avec sa femme à Petropolis, au Brésil.

STEFAN ZWEIG

Le Voyage dans le passé

TRADUCTION DE BAPTISTE TOUVEREY,
SUIVIE DU TEXTE ORIGINAL ALLEMAND

GRASSET

Titre original :

WIDERSTAND DER WIRKLICHKEIT

dans l'anthologie intitulée :

BRENNENDES GEHEIMNIS
publiée par S. Fischer Verlag, 1987.

L'éditeur remercie Madame Valérie Bollaert,
auteur d'une thèse sur les nouvelles de Zweig,
d'avoir attiré son attention sur cette nouvelle inédite.

Avant-propos du traducteur

Etonnant destin que celui du *Voyage dans le passé*. De ce texte, on ne connut longtemps qu'un fragment intégré à un recueil collectif paru à Vienne en 1929. Bien des années plus tard, Knut Beck, éditeur chez S. Fischer Verlag, découvrit dans les archives d'Atrium Press, à Londres, un tapuscrit qui l'intrigua, 41 pages annotées de la main même de Zweig : c'était la nouvelle, mais achevée, avec un titre, *Le Voyage dans le passé*, certes raturé, mais qu'on a décidé de maintenir ici tant il est approprié à cette vibrante histoire d'un amour impossible, à ces retrouvailles inabouties entre un homme et une femme qui se sont aimés, mais que la vie a séparés.

Il semble que Zweig ait voulu répondre à sa manière à la grande question : l'amour résiste-t-il à tout ? Résiste-t-il à l'usure du temps, à la trahison, à une guerre mondiale ? Louis, le héros, jeune homme pauvre mû par une « volonté fanatique », est tombé amoureux de la femme de son riche bienfaiteur. Elle l'aime aussi, mais il est

envoyé en mission au Mexique pour plusieurs
mois. Elle lui a promis de se donner à lui quand
il reviendrait ; hélas, ce retour ne cessera d'être
différé : la guerre de 1914-1918 éclate, interdi-
sant toute traversée de l'Atlantique aux ressor-
tissants des pays ennemis de l'Angleterre. Louis,
devenu riche et puissant, se marie et fonde une
famille. Les retrouvailles, neuf ans plus tard, ont
un goût amer.

On retrouve dans *Le Voyage dans le passé*
beaucoup des thèmes de prédilection du grand
écrivain autrichien : l'amour bien sûr, la passion
exclusive, le dévouement, le traumatisme de la
Grande Guerre. On y retrouve aussi ce savoir-
faire unique de Zweig, son génie de la psychologie, son art de suggérer dans un geste, un
regard, les tourments intérieurs, les arrière-
pensées, les abîmes de l'inconscient.

Si le récit est incontestablement centré sur
Louis, jeune héros balzacien quelque peu ger-
manisé (sa réussite est davantage le fait de son
assiduité au travail que de son cynisme), le personnage le plus intéressant reste sans doute son
répondant féminin, cette « bien-aimée » qui,
elle, n'a pas de prénom, épouse puis veuve du
« célèbre conseiller G. ». On serait tenté d'évoquer à son propos la Mme Arnoux de *L'Educa-
tion sentimentale*, tant la nouvelle rappelle par
bien des aspects la fin du roman de Flaubert.
Mais l'héroïne du *Voyage dans le passé* est plus
émouvante que son modèle présumé. Là où

Mme Arnoux semble presque dénuée de désirs, être toute passivité, le personnage de Zweig se caractérise par sa générosité absolue. Elle suscite l'admiration, au moins autant qu'un amour passionné. *Le Voyage dans le passé* est donc aussi un magnifique portrait de femme.

La nouvelle se place explicitement sous le patronage de Verlaine. Les vers de « Colloque sentimental » viennent la clore et nous fournir une clé de lecture. Zweig, de toute évidence, cite de mémoire et avec quelque imprécision (dans le texte original les deux spectres « ont évoqué le passé »), mais, en francophile passionné, il en fait un usage remarquable : lui, le Viennois, dont le pays a été emporté par la guerre, et qui voit ressurgir un nationalisme pangermanique plus haineux que jamais, recourt à un poème « étranger », à la langue de l'ennemi, pour dire ce qui est au cœur de cette nouvelle : l'impossibilité de faire revivre le passé.

B.T.

Le Voyage dans le passé

« Te voilà ! », dit-il en venant à sa rencontre les bras ouverts, presque déployés. « Te voilà », répéta-t-il et sa voix grimpa dans les aigus, passant de la surprise au ravissement, tandis qu'il embrassait tendrement du regard la silhouette aimée. « Je craignais tant que tu ne viennes pas ! »

« Est-ce là toute la confiance que tu as en moi ? » Mais seules ses lèvres, souriantes, exprimaient comme pour se jouer ce léger reproche : ses yeux, rayonnants et si clairs, resplendissaient de certitude, bleus.

« Non, pas du tout, je n'ai pas douté – qu'y a-t-il de plus sûr en ce monde que ta parole ? Mais, vois-tu, c'est idiot – cet après-midi, je ne sais pas pourquoi, j'ai été tout à coup saisi d'un accès d'angoisse absurde, il t'était peut-être arrivé quelque chose. Je voulais t'envoyer un télégramme, je voulais venir te voir et puis, comme l'heure tournait, et que je ne te voyais toujours pas, j'ai été déchiré à l'idée que nous pourrions encore une fois nous manquer. Mais, Dieu merci, maintenant tu es là. »

« Oui – je suis là maintenant », dit-elle en souriant, avec de nouveau cet éclat resplendissant dans le bleu profond de son regard. « Maintenant je suis là et je suis prête. Et si nous y allions ? »

« Oui, allons-y ! », répétèrent machinalement ses lèvres. Mais son corps immobile n'avança pas d'un pas, il ne se lassait pas de la contempler sans croire à sa présence.

De toutes parts s'élevait le cliquetis des rails de la gare de Francfort, toute de fer et de verre vibrants, des sifflets stridents transperçaient le tumulte du hall enfumé, et sur vingt panneaux, une horloge comminatoire indiquait les heures et les minutes, mais lui, au milieu de ce tourbillon humain, hors de l'espace, hors du temps, dans une transe singulière de possession passionnée, n'était sensible qu'à sa seule présence. « Le temps presse, Louis, nous n'avons pas encore nos billets. » C'est à ce moment-là que son regard captif se détacha d'elle et, avec tendresse et respect, il lui saisit le bras.

L'express du soir pour Heidelberg – fait inhabituel – était bondé. Ils pensaient que leurs billets de première classe leur permettraient de se retrouver en tête-à-tête. Déçus, ils se décidèrent, après avoir inspecté en vain tout le train, pour un compartiment où il n'y avait qu'un monsieur aux cheveux gris, qui somnolait, calé dans un coin. Ils savouraient d'avance la conversation intime qu'ils allaient avoir, lorsque, juste avant le sifflet du départ, trois messieurs bardés d'épais porte-dossiers firent irruption dans le comparti-ment, essoufflés, des avocats à l'évidence, telle-ment excités par le procès qui venait de se terminer que leur bruyante discussion anéantis-sait toute autre possibilité de conversation. Résignés, ils se tinrent donc tous deux l'un en face de l'autre, sans oser s'adresser la parole. Néanmoins, quand l'un d'eux levait les yeux, il voyait, survolé par l'ombre incertaine des lampes comme par de sombres nuages, se tourner amou-reusement vers lui le tendre regard de l'autre.

Le train se mit en branle en cahotant. Le cli-quetis des roues étouffait la conversation avocas-sière et la réduisait à un simple bruit de fond. Mais, ensuite, heurts et à-coups se muèrent peu à peu en un balancement régulier, le berceau d'acier tanguait, incitant à la rêverie. Et tandis qu'au-dessous d'eux les roues crépitantes filaient, invisibles, vers un avenir que chacun meublait à sa guise, leurs pensées à tous deux voguaient vers le passé comme vers un songe.

[Quelques jours plus tôt] ils s'étaient revus pour la première fois après plus de neuf ans. Séparés tout ce temps par une distance infran-chissable, ils ressentaient désormais avec une violence décuplée cette proximité retrouvée qui se passait de mots. Mon Dieu, comme c'était long, comme c'était vaste, neuf ans, quatre mille jours, quatre mille nuits, jusqu'à ce jour, jusqu'à cette nuit ! Que de temps, que de temps perdu et, malgré cela, surgissait en eux une seule pensée, qui les ramenait au tout début de leur histoire. Comment cela s'était-il passé ? Il se le rappelait avec précision : il avait vingt-trois ans lorsqu'il était arrivé chez elle pour la première fois, la lèvre déjà ourlée d'un léger duvet. Confronté dès son enfance à une pauvreté humiliante, nourri par l'assistance publique, il avait réussi à survivre grâce à des emplois de précepteur et de répétiteur, aigri avant l'heure par les privations et le pain de mauvaise qualité. En mettant de côté, le jour, quelques centimes pour s'acheter des livres, en consacrant ses nuits à l'étude, les nerfs épuisés et tendus jusqu'à se rompre, il avait achevé ses études de chimie sortant premier de sa promotion et, grâce aux vives recommandations de son professeur principal, il avait été introduit auprès du célèbre Conseiller G., directeur de la grande usine de Francfort. Là, on lui confia d'abord des travaux subalternes dans le laboratoire, mais ayant rapidement constaté le sérieux et la ténacité de ce jeune homme qui se plongeait dans le travail avec toute la force d'une volonté fanatique, le Conseiller commença à s'intéresser particulièrement à lui. Pour l'éprouver, il lui confia des responsabilités toujours plus grandes dont l'autre s'emparait avec avidité, y voyant la possibilité d'échapper au cachot de sa pauvreté. Plus on lui donnait de travail, plus sa volonté se bandait avec vigueur : il passa ainsi, en très peu de temps, du statut d'auxiliaire banal à celui d'assistant des expérimentations confidentielles, et, pour finir, le Conseiller ne l'appela plus que « mon jeune ami ». Car, à son insu, de derrière la porte tapissée de la Direction, il était observé par l'œil scrutateur d'un connaisseur, et, tandis que le jeune homme, dans son orgueil, s'imaginait dompter avec frénésie le quotidien, son patron, presque toujours invisible, lui arrangeait déjà son ascension future. Souvent confiné chez lui et même parfois cloué au lit par une sciatique très douloureuse, cet homme vieillissant était à l'affût d'un secrétaire particulier à qui il pût tout confier et dont l'envergure intellectuelle serait telle qu'il pourrait lui parler des brevets les plus secrets et des expériences qu'il dirigeait avec la discrétion qui s'imposait : il semblait enfin l'avoir trouvé. Un jour, le Conseiller vint voir le jeune homme, et, à la grande surprise de celui-ci, lui fit cette proposition inattendue : ne voulait-il pas, pour mieux le seconder, laisser sa chambre meublée des faubourgs et s'installer dans sa vaste villa en tant que secrétaire particulier ? Le jeune homme fut surpris de cette offre, mais le Conseiller plus surpris encore lorsque celui-ci, après une journée de réflexion, déclina sans ambages l'honorable proposition, dissimulant assez maladroitement derrière de balbutiantes excuses la

brutalité de son refus. Tout éminent savant qu'il
fût, le Conseiller n'était pas assez fin psycholo-
gue pour deviner la vraie raison de ce refus,
et peut-être l'autre, dans son obstination, ne
s'avouait-il pas lui-même le fond de sa pensée.
Or ce n'était rien d'autre qu'une fierté poussée
à l'extrême, la pudeur blessée d'une enfance passée dans la pauvreté la plus amère. Il avait grandi
comme précepteur dans les maisons de riches
parvenus, qui le blessaient ; statut hybride, sans
qualité, à mi-chemin entre le serviteur et le familier, chez lui sans y être, simple ornement comme
les magnolias à côté de la table, qu'on disposait
puis dont on se débarrassait après usage, il avait
l'âme pleine de haine contre les puissants et le
milieu dans lequel ils évoluaient, les meubles
lourds et imposants, les chambres cossues, les
repas abondants, toute cette richesse à laquelle
on tolérait seulement qu'il prît part. Il avait tout
connu, les offenses d'enfants insolents et la pitié,
plus offensante encore, de la maîtresse de maison, quand elle lui glissait discrètement quelques
billets à la fin du mois, les regards d'une ironie
railleuse des bonnes, toujours cruelles envers le
serviteur mieux loti, lorsqu'il arrivait dans une
nouvelle maison avec sa lourde valise en bois
et qu'il devait suspendre, dans une armoire
qu'on lui prêtait, son unique costume, ses habits
ravaudés mille fois, ces signes évidents de sa pauvreté. Non, plus jamais, il se l'était juré, plus
jamais il n'irait dans une maison qui n'était pas

la sienne, plus jamais il ne vivrait dans la richesse
avant qu'elle ne lui appartînt en propre, plus
jamais il ne donnerait en spectacle son indigence,
en se laissant blesser par des cadeaux indélicate-
ment offerts. Plus jamais, plus jamais. Désormais,
son titre de docteur et un manteau bon marché
mais imperméable dissimulaient au monde extérieur la modestie de sa condition ; dans son
bureau, sa compétence faisait oublier la plaie à
vif de sa jeunesse salie, gâchée par la pauvreté et
les aumônes : non, aucun salaire au monde ne le
ferait renoncer à cette poignée de liberté, ce jar-
din secret de sa vie. Et c'est pourquoi il déclina
cette invitation honorable, au risque de ruiner sa
carrière en alléguant de faux prétextes.

Mais bientôt, des circonstances imprévues ne
lui laissèrent plus le choix. Les souffrances du
Conseiller s'aggravèrent au point qu'il lui fallut
garder le lit plus longtemps et qu'il se trouva
même dans l'impossibilité de communiquer par
téléphone avec son bureau. Un secrétaire particulier devint une nécessité absolue et, dès lors,
il ne lui fut plus possible de se dérober à l'offre
que son protecteur renouvelait avec insistance,
à moins de perdre sa place. Dieu sait que ce
déménagement fut pour lui un chemin de croix :
il se souvenait encore avec précision du jour où
il sonna pour la première fois à la porte de cette
villa élégante, un peu désuète, sur la Bockenheimer Strasse. La veille au soir, il avait puisé à la
hâte dans ses minuscules économies – une vieille

mère et deux sœurs dans une ville perdue de
province dépensaient une bonne partie de son
maigre revenu – et s'était acheté des vêtements
neufs, un costume noir correct, des chaussures
neuves, pour ne pas trahir trop ouvertement son
indigence ; une fois de plus un domestique trans-
porta, en le précédant, le coffre honni et que
tant de souvenirs lui avaient fait prendre en
grippe, à l'intérieur duquel étaient pliés ses rares
effets personnels : une fois de plus le goût amer
du malaise lui étreignit la gorge quand un serviteur ganté de blanc lui ouvrit cérémonieusement
et que, dès le vestibule, l'oppressante odeur de
la richesse vint l'assaillir. Des tapis profonds
l'attendaient, qui absorbaient ses pas, des tapisseries des Gobelins, dès l'antichambre, tendues
sur tous les murs et qui réclamaient des regards
solennels, des portes sculptées aux lourdes poi-
gnées de bronze, qui, à l'évidence, n'étaient pas
faites pour être ouvertes par sa main, mais que
devaient actionner des serviteurs zélés à l'échine
courbée : autant de choses qui, à la fois abrutis-
santes et hostiles, accablaient son amertume
orgueilleuse. Et lorsque, ensuite, le serviteur le
conduisit dans la chambre destinée aux invités,
dotée de trois fenêtres, qu'il était censé occuper,
il fut submergé par le sentiment d'être un intrus
qui n'avait rien à faire là : lui, qui hier encore
vivait dans une petite chambre ouverte aux quatre vents sous les toits avec un lit en bois et une
cuvette de fer, on voulait qu'il se sente chez lui

dans cet endroit où chaque objet, d'un luxe inso-
lent et comme conscient de sa valeur marchande,
lui lançait des regards railleurs, lui signifiant
qu'ici, il n'était encore que toléré. Ce qu'il avait
apporté, et lui-même, à vrai dire, vêtu comme il
l'était, se tassaient piteusement dans cette vaste
pièce irradiée de lumière. Son unique redingote,
se balançant comme un pendu, dans l'armoire
énorme, était ridicule, ses quelques affaires de
toilette, son rasoir, posés sur le vaste lavabo de
marbre, étaient comme des déjections ou comme
un outil qu'aurait oublié un plombier ; il ne put
s'empêcher de cacher son coffre de bois dur et
massif sous une cape, l'enviant de pouvoir se
camoufler ainsi, tandis que lui se tenait dans
cette pièce fermée comme un cambrioleur pris
sur le fait. Il tentait de se consoler de son sentiment de nullité aigre et honteux en se disant que
s'il était là, après tout, c'était parce qu'on l'en
avait prié, qu'on l'y avait invité. Mais les objets
somptueux qui l'entouraient de toutes parts
venaient sans cesse ruiner ses arguments, il se
sentait à nouveau minable, méprisé, vaincu par
le poids de ce monde de l'argent plein de morgue
et d'ostentation, larbin, valet, pique-assiette,
meuble humain, qu'on vend et qu'on prête,
comme dérobé à lui-même. Et au moment où le
serviteur, effleurant la porte du bout des doigts,
le visage glacial et le maintien raide, annonça que
Madame faisait demander Monsieur le Professeur, il sentit, tandis qu'il parcourait tout trem-

blant l'enfilade des pièces, que, pour la première fois depuis longtemps, son allure se tassait, ses épaules s'affaissaient pour une courbette servile, et qu'après tant d'années, l'incertitude et la confusion de l'enfant s'insinuaient à nouveau en lui.

Mais à peine se trouva-t-il pour la première fois en présence de cette femme, que la tension qu'il éprouvait se dénoua doucement et avant même que, se relevant de sa courbette avec hésitation, il n'ait contemplé le visage et la silhouette de son interlocutrice, les mots de cette dernière l'accueillirent sans qu'il pût s'en défendre. Et ces premiers mots furent des mots de gratitude, prononcés avec une simplicité et un naturel tels, qu'ils dissipèrent en lui tous ces nuages de mécontentement, en le touchant d'emblée. « Je vous remercie mille fois, Monsieur le Professeur », et elle lui tendit cordialement la main, « d'avoir fini par accepter l'invitation de mon mari, et j'espère qu'il me sera bientôt donné l'occasion de vous prouver à quel point je vous en suis reconnaissante. Cela n'a sans doute pas été facile pour vous : on n'abandonne pas volontiers sa liberté, mais peut-être le sentiment d'avoir obligé au plus haut point deux personnes vous consolera-t-il. En ce qui me concerne, je ferai tout mon possible pour que vous vous sentiez dans cette maison comme chez vous. » Quelque chose en lui était intrigué. Comment savait-elle, pour sa liberté vendue à contrecœur, pourquoi mettait-elle d'emblée le doigt sur sa blessure, le point douloureux et le plus sensible de son existence, juste là, à cet endroit où palpitait son angoisse de perdre sa liberté et de n'être que quelqu'un qu'on tolère, qu'on loue, qu'on paie ? Comment avait-elle, du premier mouvement de la main, écarté de lui tout cela ? Il leva malgré lui les yeux vers elle, et prit conscience du regard chaleureux, attentionné, qui guettait le sien avec confiance.

Une sorte de douceur ferme, de sereine conscience de soi, quelque chose d'apaisant, se dégageait de ce visage, une clarté irradiait de son front pur qui, encore dans l'éclat de la jeunesse, portait presque avant l'âge la raie austère de la matrone, séparant une sombre chevelure qui tombait en ondulations profondes, tandis qu'à partir du cou, une robe, sombre également, enserrait ses épaules rondes : son éclat apaisant rendait ce visage encore plus radieux. Elle ressemblait à une madone bourgeoise, avec des airs de nonne dans sa robe fermée jusqu'au cou, et la bonté donnait à chacun de ses mouvements une aura de maternité. Elle fit alors un pas vers lui, mouvement plein de délicatesse, obtenant d'un sourire qu'il la remerciât de ses lèvres tremblantes. « Je ne vous demande qu'une chose, la première dès cette toute première heure. Je sais que vivre avec d'autres personnes, quand on ne se connaît pas depuis longtemps, est toujours un problème. Il n'y a qu'un remède à cela : la franchise. C'est pourquoi, si vous vous sentez oppressé ici, gêné par quelque disposition ou quelque mesure que ce soit, je vous supplie de vous en ouvrir à moi. Vous êtes l'auxiliaire de mon mari, je suis son épouse, ce double devoir nous lie : soyons donc francs l'un envers l'autre. »

Il prit sa main : le pacte était conclu. Et dès la première seconde il se sentit attaché à cette maison : le luxe des pièces ne lui fut plus hostile, au contraire, il y vit aussitôt le cadre indispensable de l'élégance qui, en ce lieu, rendait harmonieux tout ce qui, à l'extérieur, l'agressait, le confondait, le heurtait. Il s'aperçut peu à peu qu'ici, un sens artistique exceptionnel assujettissait le luxe à un ordre supérieur et qu'insensiblement, ce rythme feutré de l'existence pénétrait dans sa vie, et jusque dans ses paroles. Etrangement, il se sentit apaisé : tous les sentiments aigus, véhéments ou passionnés perdaient leur malignité, leur acuité, c'était comme si les tapis profonds, les tapisseries, les volets de couleur absorbaient la lumière et le bruit de la rue, et en même temps il avait l'impression que cet ordre aérien ne se produisait pas tout seul, mais qu'il émanait de la présence de cette femme silencieuse à l'éternel sourire bienveillant. Et là où, dans les premières minutes, il avait éprouvé quelque chose de l'ordre de la magie, les semaines et les mois qui suivirent lui révélèrent des bienfaits : cette femme fit preuve d'un tact discret pour l'attirer peu à peu, sans qu'il sente s'exercer la moindre contrainte, au sein du premier cercle de cette maison. Veillé, mais non pas surveillé, il percevait une attention prévenante qui s'occupait de lui comme à distance : à peine les avait-il laissé deviner, que ses moindres désirs étaient exaucés par une bonne fée si discrète que tout remerciement était rendu impossible. Feuilletant un soir un album de précieuses gravures, s'était-il extasié sans retenue devant l'une d'entre elles, le Faust de Rembrandt, que deux jours plus tard il en trouvait une reproduction, déjà encadrée, accrochée au-dessus de son bureau. Avait-il fait mention d'un livre, encensé par un ami, dans les jours qui suivaient, il tombait dessus dans les rayons de la bibliothèque. A son insu, sa chambre se conforma à ses désirs et à ses habitudes : il était rare qu'il remarquât tout de suite ces menues transformations, il sentait seulement que sa chambre était plus confortable, plus colorée et chaleureuse, jusqu'à ce qu'il se rendît compte ensuite, par hasard, que la même couverture orientale brodée qu'il avait admirée dans une vitrine recouvrait son ottomane ou que la lumière de sa lampe se diffusait désormais à travers un abat-jour de soie couleur framboise. Cette atmosphère l'attirait toujours davantage : il ne quittait plus qu'à contrecœur cette maison où il avait trouvé, en la personne d'un petit garçon de onze ans, un ami passionné, et il aimait beaucoup les accompagner, sa mère et lui, au théâtre ou à des concerts : sans qu'il en eût conscience, toutes ses actions durant les heures où il ne travaillait pas, s'inséraient dans le doux clair de lune de la présence paisible de cette femme.

Dès leur première rencontre, il l'avait aimée, mais ce sentiment, qui le submergeait jusque dans ses rêves, avait beau être une passion absolue, il lui manquait néanmoins l'événement décisif qui viendrait l'ébranler, c'est-à-dire la claire prise de conscience que ce qu'il recouvrait, se dupant lui-même, du nom d'admiration, de respect et d'attachement, était déjà pleinement de l'amour, un amour fanatique, une passion effrénée, absolue. Mais une espèce de servilité en lui réprimait violemment cette prise de conscience : elle lui semblait si lointaine, trop haute, trop distante, cette femme radieuse, ceinte d'un halo d'étoiles, cuirassée de richesses, de tout ce qu'il avait expérimenté de la féminité jusqu'ici. Il aurait ressenti comme un blasphème d'admettre qu'elle aussi était assujettie au sexe et à la même loi du sang que les quelques autres femmes que sa jeunesse d'esclave lui avait accordées, que cette fille de ferme qui avait ouvert sa porte au précepteur, juste une fois, curieuse de voir si l'étudiant s'y prenait d'une autre manière que le cocher et le valet, ou que cette couturière qu'il avait rencontrée dans la pénombre des réverbères en rentrant chez lui. Non, là c'était autre chose. Elle irradiait depuis une autre sphère où le désir n'était pas de mise, pure et immaculée, et même le plus passionné de ses rêves n'avait pas la hardiesse de la dévêtir. Troublé comme un enfant, il s'attachait au parfum de sa présence, jouissant de chacun de ses mouvements comme d'une musique, heureux de la confiance qu'elle lui témoignait et constamment effrayé à l'idée de trahir si peu que ce fût quelque chose du sentiment excessif qui l'agitait : sentiment qui n'avait pas encore de nom, mais qui s'était constitué depuis longtemps et s'attisait à demeurer tapi.

Cependant l'amour ne devient vraiment lui-même qu'à partir du moment où il cesse de flotter, douloureux et sombre, comme un embryon, à l'intérieur du corps, et qu'il ose se nommer, s'avouer du souffle et des lèvres. Un tel sentiment a tant de mal à sortir de sa chrysalide, qu'une heure défait toujours d'un coup le cocon emmêlé et qu'ensuite, tombant de tout son haut dans les plus profonds abîmes, il s'abat, avec une force décuplée, sur un cœur terrorisé. C'est ce qui se produisit, assez tard, plus d'un an après son installation dans cette maison.

Un dimanche, le Conseiller l'avait fait venir dans son cabinet : le simple fait que, contrairement à son habitude, après de rapides salutations, il fermât la porte tapissée derrière eux et donnât l'ordre, par le téléphone de la maison, qu'on ne les dérangeât sous aucun prétexte, rien que cela montrait l'importance de ce qu'il avait à lui dire. Le vieil homme lui proposa un cigare, l'alluma dans les règles de l'art, comme pour gagner du temps en vue d'un discours qu'il avait dû préparer jusque dans les moindres détails. Il

commença tout d'abord par le remercier en énu-
mérant tous les services rendus. A tous points
de vue le jeune homme avait amplement mérité
sa confiance et son attachement, il n'avait jamais
eu à regretter de lui avoir confié ses affaires,
même les plus intimes, alors même qu'il lui était
lié depuis si peu de temps. Et voilà qu'hier lui
était arrivée de son entreprise d'outre-mer une
nouvelle importante qu'il ne craignait pas de lui
faire partager : le nouveau procédé chimique,
dont il avait connaissance, exigeait de grandes
quantités d'un certain minerai, et un télégramme
venait de l'informer qu'on avait localisé de gros
gisements de ce métal au Mexique. L'essentiel
désormais était de les acquérir au plus vite au
bénéfice de l'entreprise, et d'en organiser sur
place l'extraction et l'exploitation afin de prendre de court les consortiums américains. Une
telle mission exigeait un homme de confiance,
qui fût en même temps jeune et énergique. En
ce qui le concernait, c'était une grande perte que
celle de son fidèle et sûr assistant : il avait néanmoins considéré comme son devoir, lors du
conseil d'administration, de le proposer lui,
comme étant le plus compétent et le seul qui
convînt. Il serait pour sa part dédommagé par
la certitude d'avoir pu lui assurer un brillant
avenir. Non seulement, en deux ans sur place,
il pouvait se constituer, grâce à l'importante
rémunération, un petit patrimoine, mais à son
retour, on lui réservait un poste de direction

dans l'entreprise. « Mais surtout », conclut le Conseiller, lui tendant la main pour lui souhaiter bonne chance, « j'ai comme le pressentiment que vous reviendrez un jour ici pour occuper mon siège et finirez par diriger ce que le vieil homme que je suis a commencé il y a trois décennies. »

Comment une telle offre, lui tombant soudain d'un ciel serein, n'aurait-elle pas tourné la tête d'un ambitieux ? Elle était là, enfin, la porte, comme arrachée par une explosion, qui devait l'affranchir de la pauvreté où il croupissait, du monde sans lumière de la servitude et de l'obéissance, de l'éternelle échine courbée de l'homme contraint d'agir et de penser avec modestie : vorace, il scrutait les papiers et les télégrammes, où, à partir de signes hiéroglyphiques, son vaste plan, dans des contours larges et flous, prenait peu à peu forme. Soudain, des chiffres s'abattirent sur lui à grand fracas, des milliers, des centaines de milliers, des millions à administrer, à compter, à gagner, atmosphère incandescente du pouvoir dominateur, où, abasourdi et le cœur battant, il s'élevait soudain, comme dans un ballon magique, depuis la sphère vile et étouffante où il vivait. Et au-delà de ça : il n'y avait pas que l'argent, les affaires, le goût du risque et des responsabilités – non, c'était quelque chose de bien plus attirant qui, tentateur, s'emparait ici de lui. Partir, c'était façonner, créer, c'était les hautes charges, la tâche démiurgique d'extraire quelque chose de montagnes où, depuis des mil-

lénaires, sous la croûte terrestre, les pierres repo-
saient dans un absurde sommeil, c'était creuser
des galeries, édifier des villes aux demeures pros-
pères, aux rues florissantes, aux foreuses et aux
grues en mouvement. Derrière les arides brous-
sailles de ses calculs, se mirent à éclore, comme
des fleurs tropicales, des constructions chimé-
riques et pourtant bien concrètes, métairies,
fermes, usines, magasins, un nouveau morceau
du monde des hommes, qu'il avait à installer, en
commandant et ordonnant, là où il n'y avait rien.
Une brise marine, corrodée par l'ivresse du large,
pénétra soudain dans la petite chambre capiton-
née, les chiffres grimpèrent jusqu'à des sommes
astronomiques. Et dans un délire d'enthousiasme toujours plus ardent, qui donnait à chaque résolution la forme vibrante d'un envol, on
décida de tout à grands traits, réglant même les
détails pratiques. Un chèque d'un montant inat-
tendu pour lui, destiné à couvrir les frais du
voyage, crissa dans sa main, et, après des vœux
renouvelés, on décida qu'il partirait avec le pro-
chain vapeur de la ligne sud, dix jours plus tard.
Encore tout brûlant de cette spirale de chiffres,
pris de vertige à cause du tourbillon des possibilités entrevues, il était sorti du cabinet de travail, promenant pendant une seconde un regard
affolé autour de lui, se demandant si toute cette
conversation n'avait pas été qu'une chimère de
son désir exacerbé. Un coup d'aile l'avait sorti
des profondeurs et porté jusqu'à la sphère étin-

celante de la satisfaction : son sang grondait
encore d'une ascension si brusque, pendant un
moment il eut besoin de fermer les yeux. Il les
ferma, comme on prend une profonde respiration, seul, pour être tout à soi-même, pour jouir
plus exclusivement, plus puissamment de son moi
intérieur. Cela dura une minute, mais ensuite,
tandis qu'il rouvrait les yeux, comme régénéré, et
parcourait l'antichambre du regard, le hasard
voulut qu'il restât fasciné par un portrait, qui était
accroché au-dessus du grand coffre : son portrait
à elle. Ses lèvres à la courbe paisible étaient mi-
closes ; elle le regardait, à la fois souriante et l'air
pénétré, comme si elle comprenait chacune des
paroles qu'il s'était dites à lui-même. Et, à cette
seconde, une pensée le foudroya soudain, il avait
complètement oublié qu'accepter cet emploi
signifiait aussi quitter cette maison. Mon Dieu, la
quitter Elle : ce fut comme un coup de poignard
à travers la voile fièrement déployée de sa joie.
Et en cette seconde où, pris par surprise, il perdit
le contrôle de soi, le rempart artificiellement
dressé des faux-semblants s'effondra sur son
cœur et, pris de brusques palpitations, il sentit à
quel point le déchirait, douloureuse, mortelle
presque, la perspective de vivre sans elle. La quitter, mon Dieu, Elle : comment avait-il pu y son-
ger, s'y résoudre, comme si, pour ainsi dire, il
s'appartenait encore, comme s'il n'était pas pri-
sonnier de sa présence, ici, de toutes les griffes
et de toutes les racines de ses sentiments. Ce fut

une explosion violente, élémentaire, une douleur physique traumatisante, évidente, un ébranlement de tout son être, depuis le sommet du crâne jusqu'au tréfonds du cœur, une déchirure qui illumina tout, comme l'éclair dans le ciel nocturne : et alors, dans cette lumière aveuglante, il eût été vain de ne pas reconnaître que chaque nerf, chaque fibre de lui-même s'épanouissait dans un amour pour elle, la bien-aimée. Et à peine eut-il, sans un mot, prononcé le mot magique, qu'avec cette rapidité inexplicable que seul suscite un très grand effroi, d'innombrables souvenirs et petites associations d'idées s'en vinrent, étincelants, à l'assaut de sa conscience. Et il sut à quel point, depuis des mois déjà, il était fou amoureux d'elle.

Cela ne remontait-il pas à la semaine de Pâques, où elle était partie voir de la famille, trois jours qu'il avait passés à errer à tâtons de chambre en chambre, incapable de lire un livre, bouleversé sans en chercher la raison – et ensuite, dans la nuit où elle était censée revenir, n'avait-il pas veillé jusqu'à une heure du matin, pour entendre son pas ? L'impatience ne l'avait-elle pas poussé, un nombre incalculable de fois, à descendre, nerveux, les escaliers pour voir si la voiture n'arrivait pas ? Il se souvenait du frisson qui l'avait parcouru, depuis le bout des doigts jusqu'à la nuque, quand sa main avait par hasard frôlé la sienne au théâtre : cent vibrants souvenirs de ce genre, petits riens à peine perçus, s'engouffraient à présent, comme à travers des écluses grandes ouvertes, dans sa conscience, dans son sang, et tous atteignaient directement son cœur. Il lui fallut, malgré lui, presser sa main contre sa poitrine, tant son cœur y battait fort, et alors, il n'y eut plus rien à faire, il ne lui fut plus possible de se défendre plus longtemps, de ne pas s'avouer ce qu'un instinct à la fois timide et respectueux, sous divers masques de prudence, avait si longtemps tenu dans l'ombre : qu'il ne pouvait plus vivre sans sa présence. Deux ans, deux mois, deux semaines seulement, sans cette douce lumière sur son chemin, sans les plaisantes conversations du soir – non, non, il ne le supporterait pas. Et ce qui l'avait rempli de fierté dix minutes plus tôt, la mission au Mexique, l'ascension jusqu'au pouvoir démiurgique, en une seconde tout cela fut pulvérisé, éclata comme une scintillante bulle de savon, ce n'était plus que distance, éloignement, prison, bannissement, exil, anéantissement, un arrachement auquel il ne survivrait pas. Non, ce n'était pas possible – déjà, sa main se dirigeait, frémissante, vers la poignée, déjà il voulait retourner dans le cabinet, annoncer au Conseiller qu'il renonçait, qu'il ne se sentait pas digne de son offre et préférait rester dans cette demeure. Mais soudain, la peur le mit en garde : pas maintenant ! Ne pas trahir trop tôt un secret qui commençait juste à se révéler à lui. Et, las, il retira sa main du froid métal.

Il examina encore une fois le portrait : les yeux semblaient lui lancer des regards de plus

en plus profonds ; mais sur sa bouche il ne trouvait plus de sourire. N'était-ce pas plutôt une
gravité, une tristesse presque, qui se dégageait
de ce portrait, comme si elle voulait dire : « Tu
as voulu m'oublier. » Il ne supporta pas ce
regard peint et néanmoins vivant, tituba pour
gagner sa chambre, se jeta sur son lit, avec un
sentiment de terreur étrange, proche de l'évanouissement, mais qui bizarrement était pénétré
d'une mystérieuse douceur. Il se rappela avidement tout ce qu'il avait vécu dans cette maison
depuis la première heure, et tout, même le plus
insignifiant détail, avait maintenant un autre
poids et une autre lumière : tout resplendissait
de cette lumière intérieure de la révélation, tout
était léger et flottait dans l'air échauffé de la
passion. Il se rappela toutes les bontés qu'elle
avait eues pour lui. Il y en avait encore les
marques partout autour de lui, il parcourait du
regard les objets qu'il touchait de la main, et
chacun avait quelque chose du bonheur de sa
présence : elle était là, dans ces objets, il sentait
en eux ses pensées amicales. Et cette certitude
de la bonté qu'elle avait pour lui le submergeait
avec passion ; mais pourtant, tout au fond, dans
ce courant, il y avait encore en lui quelque chose
qui résistait, comme une pierre, quelque chose
qu'on n'avait pas enlevé, quelque chose qu'on
n'avait pas déblayé, dont il lui fallait se débar-
rasser, afin que ses sentiments puissent s'épan-
cher en toute liberté. Il palpa avec de grandes

précautions ce point obscur au plus profond de
ses sentiments, il savait déjà ce qu'il signifiait, et
n'osait pourtant pas s'en saisir. Et il ne cessait
d'être repoussé par le courant vers ce lieu-là, vers
cette question-là : y avait-il – il n'osait pas dire
de l'amour – mais tout de même, une inclination
de sa part à elle dans toutes ces petites attentions,
pas de passion, mais une tendresse légère, dans
sa présence prévenante et enveloppante ? Il était
hanté par cette question, de lourdes, de noires
vagues de sang ne cessaient de la ramener en
grondant, sans parvenir à l'entraîner au loin.
« Ah ! Si seulement je pouvais me rappeler clairement ! » se disait-il, mais ses pensées voguaient
en se mêlant trop passionnément à des rêves
et des désirs confus, et à cette douleur toujours
tirée des plus extrêmes profondeurs. Il resta
donc allongé, apathique, étranger à lui-même,
sur son lit, accablé par un étourdissant fatras
de sentiments, peut-être une heure, ou deux,
jusqu'à ce qu'un coup léger à la porte vînt soudain l'effrayer, des doigts fins et précautionneux
qu'il crut reconnaître. Il se leva d'un bond et se
précipita vers la porte.

Elle se tenait devant lui, souriante. « Mais
Professeur, pourquoi ne venez-vous pas ? On a
déjà appelé deux fois à table. »

C'était dit avec une légère jubilation, comme
si elle se réjouissait un peu de le prendre en fla-
grant délit de négligence. Mais à peine eut-elle vu

son visage, ses cheveux humides défaits, ses yeux hagards et craintifs qu'elle blêmit à son tour.

« Bonté divine, que vous est-il arrivé ? » balbutia-t-elle, et ce ton défaillant d'effroi lui alla droit au cœur. « Rien, rien », dit-il, se ressaisissant promptement, « j'étais pour ainsi dire dans mes pensées. Toute cette affaire m'est tombée dessus trop rapidement. »

« Quoi donc ? Quelle affaire ? Mais parlez ! »

« Vous ne savez donc pas ? Le Conseiller ne vous a-t-il pas mise au courant ? »

« Non, non ! » insista-t-elle avec impatience, presque affolée par son regard erratique, brûlant, hagard. « Que s'est-il passé ? Mais dites-le-moi ! » Il contracta alors tous ses muscles pour la regarder en face sans rougir. « Monsieur le Conseiller a été assez bon pour me confier de grandes responsabilités, et je les ai acceptées. Je pars dans dix jours pour le Mexique – pour deux ans. »

« Pour deux ans ! Bonté divine ! » Sa frayeur fut comme un coup de pistolet, sorti, brûlant, du fond d'elle-même, un cri, plus que des mots. Et, dans un mouvement involontaire de recul, elle écarta les mains. C'est en vain que, dans les secondes qui suivirent, elle s'efforça de démentir le sentiment qui lui avait échappé : il tenait déjà (comment cela s'était-il passé ?) ses mains, que la peur avait passionnément projetées en avant, dans les siennes ; avant qu'ils ne s'en rendent compte, leurs deux corps tremblants s'enflammèrent, et dans un baiser infini ils étanchèrent les heures et les jours innombrables de soif et de désir innommés.

Ce n'est pas lui qui l'avait attirée à lui, ni elle à elle, ils étaient tombés dans les bras l'un de l'autre, comme emportés ensemble par une tempête, l'un avec l'autre, l'un dans l'autre plongeant dans un inconnu sans fond, dans lequel sombrer était un évanouissement à la fois suave et brûlant – un sentiment trop longtemps endigué se déchargea, enflammé par le magnétisme du hasard, en une seule seconde. Et ce n'est que peu à peu, lorsque leurs lèvres collées se détachèrent, qu'encore pris de vertige devant le caractère invraisemblable de l'événement il la regarda dans les yeux, des yeux d'un éclat inconnu derrière leur tendre obscurité. Et c'est là que s'imposa à lui l'idée que cette femme, la bien-aimée, avait dû l'aimer depuis longtemps, depuis des semaines, des mois, des années, tendrement silencieuse, ardemment maternelle, avant qu'une telle heure ne lui ébranlât l'âme. Et c'était cela, le caractère incroyable de l'événement, qui l'enivrait à présent : lui, lui aimé, et aimé d'elle, l'Inaccessible – un ciel se déployait, baigné de lumière et infini, l'irradiant midi de sa vie, mais déjà il s'effondrait dans les secondes qui suivirent, en mille morceaux blessants. Car cette prise de conscience était aussi un adieu.

Les dix jours qui les séparaient du départ, ils les passèrent tous deux dans un état de conti-

nuelle et grisante frénésie. La soudaine explosion des sentiments qu'ils s'étaient avoués, par
l'immense puissance de son souffle, avait fait
voler en éclats toutes les digues et barrières,
toutes les convenances et les précautions :
comme des animaux, brûlants et avides, ils tom-
baient dans les bras l'un de l'autre quand ils se
croisaient dans un couloir obscur, derrière une
porte, dans un coin, profitant de deux minutes
volées ; la main voulait sentir la main, la lèvre la
lèvre, le sang inquiet sentir son frère, tout s'enfié-
vrait de tout, chaque nerf brûlait de sentir contre
lui le pied, la main, la robe, une partie vivante,
n'importe laquelle, d'un corps qui se languissait
de lui. En même temps, ils étaient obligés de se
maîtriser dans la maison, elle, de dissimuler sans
cesse devant son mari, son fils, ses domestiques,
la tendresse qui l'illuminait un instant aupara-
vant, lui, de garder l'esprit en éveil pour les
calculs, les conférences, les comptes dont il avait
la responsabilité. Ils se contentaient à chaque fois
d'attraper au vol des secondes, des secondes
vibrantes, clandestines, guettées par le danger ;
ce n'était que des mains, des lèvres, des regards,
d'un baiser avidement dérobé, qu'ils parvenaient
furtivement à se rapprocher, et la présence vapo-
reuse, voluptueuse de l'autre, grisé lui-même, les
grisait. Mais ce n'était jamais assez, tous deux le
sentaient : jamais assez. Et ils s'écrivaient donc
des billets brûlants, ils se faisaient passer en
secret, comme des écoliers, des lettres folles,

enflammées ; le soir il les trouvait froissées derrière l'oreiller de ses insomnies, elle, de son côté, trouvait les siennes dans les poches de son manteau, et toutes s'achevaient sur le même cri désespéré, cette question fatale : comment supporter une mer, un monde, d'innombrables mois, d'innombrables semaines, deux ans, entre leurs sangs, entre leurs regards ? Ils ne pensaient à rien d'autre, ils ne rêvaient à rien d'autre et aucun d'eux n'avait de réponse, leurs mains seulement, leurs yeux, leurs lèvres, valets ingénus de leur passion, tressaillaient de temps à autre, aspirant à une union, un engagement intime. Et c'est pourquoi ces instants clandestins où ils s'embrassaient, s'enlaçaient en frémissant entre des portes mi-closes, ces instants angoissants, se mirent, comme des Bacchanales, à déborder de plaisir et d'angoisse mêlés.

Mais jamais ne lui fut accordée à lui, le soupirant, l'entière possession du corps aimé, qu'il sentait, passionnément cabré derrière la barrière de l'insensible robe, se presser pourtant nu et brûlant contre lui – jamais, dans cette maison très éclairée, toujours en éveil et où les murs avaient des oreilles, il ne l'approcha vraiment. C'est seulement le dernier jour, lorsqu'elle vint, sous le prétexte de l'aider à faire ses bagages, en réalité pour lui dire un dernier adieu, dans sa chambre déjà rangée et, qu'irrésistiblement attirée, titubant sous la force de son élan, elle perdit l'équilibre et tomba contre l'ottomane, lorsque ses baisers à lui embrasaient déjà, sous sa robe défaite, sa poitrine cambrée, et parcouraient avidement sa peau blanche brûlante, jusqu'au point où son cœur, haletant, battait violemment contre lui, ce n'est qu'alors, lorsque, dans ces minutes d'abandon, le corps offert, elle était presque sienne, et alors seulement – qu'elle balbutia, se dérobant à son étreinte, un ultime et suppliant : « Pas maintenant ! Pas ici ! Je t'en prie. »

Et il avait le sang encore si obéissant, si assujetti au respect de la bien-aimée si longtemps sanctifiée, qu'il réprima encore une fois ses sens déjà en ébullition et s'écarta d'elle, qui, titubante, se levait en lui cachant son visage. Il resta frémissant et en lutte avec lui-même, contrarié comme elle et si visiblement soumis à la tristesse de sa déception qu'elle sentit à quel point sa tendresse mal récompensée souffrait à cause d'elle. Alors elle s'approcha de lui, de nouveau pleinement maîtresse de ses sentiments, et le consola à voix basse : « Je n'avais pas le droit de le faire ici, pas dans ma maison, dans la sienne. Mais, lorsque tu reviendras, quand tu le voudras. »

Le train s'arrêta en crépitant, crissant sous l'effet du frein qu'on actionnait. Tel un chien s'éveillant sous un coup de fouet, son regard émergea de sa rêverie, mais – heureuse vision ! – elle était bien assise là, la bien-aimée, celle qui

avait été longtemps éloignée, elle était bien assise
là, calme et à portée de son souffle. Le rebord de
son chapeau ombrait légèrement son visage
incliné vers l'arrière. Mais, comme si elle avait
inconsciemment compris qu'il aspirait à voir sa
figure, voilà qu'elle se redressait, et un doux sourire vint à sa rencontre. « Darmstadt », dit-elle en
regardant à l'extérieur, « plus qu'une station. » Il
ne répondit pas. Il était assis et ne faisait que la
regarder. Temps impuissant, se dit-il, impuis-
sance du temps face à nos sentiments : cela fait
neuf ans et pas une inflexion de sa voix n'a
changé, pas un nerf de mon corps ne l'écoute
différemment. Rien n'est perdu, rien n'est révolu,
sa présence est, comme autrefois, un tendre ravissement.

Il regarda avec passion sa bouche qui souriait
en silence, il pouvait à peine se rappeler l'avoir
embrassée un jour, il regarda ses mains, rayon-
nantes, négligemment posées sur ses genoux : son
plus grand désir eût été de se courber jusqu'au
sol et de les toucher de ses lèvres ou de les prendre dans les siennes, rien qu'une seconde, une
seconde ! Mais déjà les messieurs loquaces du
compartiment commençaient à le toiser avec
curiosité et, pour préserver son secret, il s'adossa
de nouveau sans un mot. De nouveau ils se tinrent
l'un en face de l'autre sans se faire signe ni se
parler, et, s'ils s'embrassaient, ce n'était que du
regard.

Dehors un sifflet strident retentit, le train se
remit à rouler, et son oscillante monotonie, ber-

ceau d'acier, le fit tanguer, le replongeant dans ses souvenirs. Oh ! Sombres et interminables années entre autrefois et aujourd'hui, mer grise entre deux rives, entre deux cœurs ! Mais comment cela s'était-il passé ? Un souvenir était là auquel il ne voulait pas toucher, qu'il ne voulait pas se rappeler, cette heure du dernier adieu, l'heure sur le quai de la même ville où il l'avait attendue aujourd'hui, le cœur dilaté. Non, au loin tout ceci, au diable tout cela, ne plus y penser, c'était trop affreux. C'est vers le passé, vers le passé, que voltigeaient ses pensées : un autre paysage, une autre époque se déployaient comme en rêve, aimantés par le rapide cliquetis cadencé des roues. C'est l'âme déchirée qu'il s'était rendu autrefois au Mexique, et les premiers mois, les premières effroyables semaines, avant qu'il n'eût reçu des nouvelles d'elle, il ne put les supporter qu'en se bourrant le cerveau de chiffres et de projets, en s'éreintant le corps à coups de chevauchées dans le pays et d'expéditions, de négociations et prospections interminables et pourtant menées résolument jusqu'à leur terme. De l'aurore jusqu'à la nuit il s'enfermait dans le hangar de son exploitation où l'on martelait des chiffres, parlait, écrivait, où l'on s'activait sans relâche, seulement pour entendre comment sa voix intérieure appelait un nom, son nom à elle. Il s'étourdissait de travail comme d'alcool ou de poison, seulement pour émousser les sentiments qui le dominaient. Mais chaque soir, quelle que

fût sa fatigue, il s'asseyait pour consigner, page
après page, tout ce qu'il avait fait pendant la
journée, heure par heure, et, à chaque passage
de la poste, il envoyait des piles entières de ces
pages écrites d'une main tremblante à une fausse
adresse convenue entre eux, afin que la lointaine
bien-aimée pût partager chaque heure de sa vie
exactement comme quand ils habitaient sous le
même toit, et que lui sentît son doux regard,
par-delà les milliers de lieues marines, de collines
et d'horizons, se poser, compréhensif, sur son
labeur quotidien. Les lettres qu'il recevait d'elle
lui en savaient gré. D'une écriture droite et avec
des mots paisibles, trahissant la passion, tout en
gardant une forme réservée, elles racontaient
avec sérieux, sans se plaindre, le déroulement de
ses journées et c'était comme s'il sentait le bleu
de son regard rassurant dirigé vers lui, seul son
sourire y manquait, son sourire doucement apaisant, qui ôtait son poids à toute tâche ardue. Ces
lettres étaient devenues l'eau et le pain du solitaire. Tout à sa passion, il les prenait avec lui
lors de ses voyages à travers les steppes et les
montagnes ; il s'était fait coudre des poches à sa
selle afin de les protéger des averses soudaines
et de l'humidité des fleuves qu'il leur fallait traverser pendant les expéditions. Il les avait lues
si souvent qu'il les connaissait par cœur, mot
pour mot, ouvertes si souvent que les parties
pliées étaient devenues transparentes et que certains mots avaient été effacés par les baisers et

les larmes. Parfois, quand il était seul et savait qu'il n'y avait personne alentour, il les sortait, pour les prononcer mot à mot avec son intonation à elle et conjurer ainsi l'absence de celle qui était loin. Parfois il se levait soudain dans la nuit, lorsqu'un mot, une phrase, une formule de conclusion lui échappait, il allumait sa lampe pour les retrouver et, pénétrant sa graphie, reconstituer en songe l'image de sa main, et à partir de la main, le bras, l'épaule, la peau, toute sa silhouette transportée jusqu'à lui par-delà les terres et les mers. Et tel un bûcheron dans la forêt vierge, il s'attaqua avec une fureur et une force guerrières au temps qui, sauvage et encore menaçant, impénétrable, lui faisait face, déjà impatient de les voir apparaître, elle, la perspective du retour, les heures de voyage, cette perspective, mille fois imaginée, de leur première étreinte de retrouvailles. Dans la maison de bois recouverte de tôle qu'on avait promptement construite dans la colonie ouvrière créée depuis peu, il avait accroché, au-dessus de son lit rudimentaire, un calendrier dont il rayait chaque soir, et souvent, par impatience, dès le midi, le jour écoulé et comptait et recomptait les lignes noires et rouges, de plus en plus courtes, représentant ceux qu'il avait encore à supporter : 420, 419, 418 jours jusqu'à son retour. Car il ne comptait pas, comme les autres hommes, depuis la naissance du Christ, à partir d'un commencement, mais toujours uniquement dans la pers-

pective d'une heure précise, l'heure du retour.
Et à chaque fois que ce laps de temps formait
un chiffre rond, 400, 350 ou 300, ou que c'était
son anniversaire, sa fête, ou l'une de leurs célé-
brations secrètes, comme par exemple le jour où
il l'avait vue pour la première fois, ou celui où
elle lui avait dévoilé ses sentiments – à chaque
fois, il donnait une sorte de fête pour les gens
autour de lui, qui, n'étant pas dans la confidence,
s'étonnaient et se posaient des questions. Il
offrait de l'argent aux enfants crasseux des métis
et de l'eau-de-vie aux ouvriers, afin qu'ils exul-
tassent et bondissent comme des poulains sau-
vages, il revêtait son habit du dimanche, faisait
amener du vin et les meilleures conserves. Un
drapeau flottait alors au vent, flamme de joie, au
sommet d'un poteau élevé par ses soins, et des
voisins et des auxiliaires arrivaient, curieux de
savoir quel saint ou quelle singulière occasion
il célébrait ; il se contentait alors de sourire
et disait : « En quoi cela vous concerne-t-il ?
Réjouissez-vous avec moi ! »

Des semaines et des mois s'écoulèrent ainsi,
il passa un an et puis encore six mois à œuvrer
comme un fou, il ne restait déjà plus que sept
malheureuses petites semaines jusqu'à la date
prévue pour son départ. Dans son impatience
immodérée il avait planifié depuis longtemps la
traversée en bateau et, au grand étonnement des
employés, déjà réservé et payé intégralement,
cent jours à l'avance, sa place en cabine sur

l'*Arkansas* : c'est alors que survint le jour de la
catastrophe qui non seulement piétina sans pitié
son calendrier, mais déchiqueta, impassible, des
millions de destins et de pensées. Jour de la
catastrophe : tôt le matin, le géomètre, en compagnie de deux contremaîtres et suivi d'une
troupe de serviteurs indigènes munis de chevaux
et de mulets, avait quitté la plaine d'un jaune
soufre et gagné les montagnes, afin d'explorer
un nouveau site de forage où l'on supposait qu'il
y avait du manganèse ; pendant deux jours, les
métis martelèrent, creusèrent, cognèrent et fouil-
lèrent, sous les traits verticaux d'un soleil implacable qui se réfléchissait à angle droit sur la
pierre nue, pour aller à nouveau rebondir sur
eux ; mais lui, comme un possédé, poussait ses
ouvriers à continuer, n'accordait pas à sa langue
assoiffée les cent pas qui la séparaient de la
citerne promptement creusée – il voulait revenir
à la poste, voir sa lettre, ses mots. Et lorsque, le
troisième jour, la profondeur n'eut toujours pas
été atteinte, et que l'essai ne se fut toujours pas
avéré concluant, la passion insensée d'avoir de
ses nouvelles, la soif de ses mots s'empara de lui
à un degré de démence tel qu'il décida de che-
vaucher seul toute la nuit, uniquement pour aller
chercher cette lettre, qui avait dû arriver la veille
par la poste. Il abandonna, sans états d'âme, les
autres dans leur tente et chevaucha toute la nuit,
uniquement accompagné d'un serviteur, sur un
sentier muletier, que l'obscurité rendait dange-

reux, jusqu'à la station de chemin de fer. Mais lorsque au matin ils firent enfin, sur les chevaux écumants, frigorifiés par le froid glacial des montagnes rocheuses, leur entrée dans le petit bourg, un spectacle inhabituel les surprit. Les quelques colons blancs avaient délaissé leur travail et, au milieu d'un essaim hurlant et interrogateur de métis et d'indigènes aux yeux bêtement écarquillés, ils encerclaient la station. Les deux hommes eurent beaucoup de mal à se frayer un passage à travers la cohue en émoi. Là-bas, ils apprirent de l'administration une nouvelle qu'ils n'auraient jamais soupçonnée. Des télégrammes étaient arrivés de la côte : l'Europe était en guerre, l'Allemagne contre la France, l'Autriche contre la Russie. Il ne voulait pas y croire, il éperonna si rageusement les flancs de sa rosse, qui renâclait, que l'animal effrayé fit une ruade en hennissant, et il fila vers le siège du gouvernement, pour y entendre des nouvelles qui l'atterrèrent encore plus : tout était exact et, plus fâcheux encore, l'Angleterre en déclarant aussi la guerre avait fermé les océans aux Allemands. Un rideau de fer entre les deux continents s'était abaissé, tranchant, pour un temps incalculable.

C'est en vain que, dans sa première fureur, il frappa de ses poings serrés sur la table, comme s'il voulait par là faire advenir l'impossible : ils étaient des millions d'hommes impuissants comme lui à se déchaîner contre le mur du destin, cette prison. Il envisagea aussitôt toutes les

possibilités de traverser clandestinement l'océan,
par la ruse, par la violence, de faire échec au
destin, mais le consul anglais qui se trouvait là
par hasard, et qui était de ses amis, le mit prudemment en garde, lui signifiant qu'il était
contraint, à partir de maintenant, de surveiller
ses allées et venues. Ainsi son unique consola-
tion fut-elle l'espoir, bientôt démenti par des
millions d'autres hommes, qu'une telle absurdité ne pourrait pas durer longtemps, que dans
quelques semaines, quelques mois, cette mauvaise plaisanterie de diplomates et de généraux
déchaînés prendrait fin, c'était inévitable. Et à
cet espoir mince comme un fil, un autre élé-
ment insuffla bientôt une vigueur encore plus
florissante, qui l'étourdit encore davantage : le
travail. Par des dépêches câblées qui passaient
par la Suède, sa firme lui confia pour mission de
prévenir une possible mise sous séquestre, de
rendre l'entreprise autonome, et de la diriger
comme une compagnie mexicaine en s'aidant de
quelques hommes de paille. Cela requérait, pour
être mené à bien, une énergie extraordinaire, et
la guerre, de son côté, cet impérieux entrepre-
neur, exigeait aussi du minerai extrait des mines,
il fallait accélérer l'exploitation, intensifier l'activité. Cela tendait toutes ses forces, faisait bourdonner la moindre de ses pensées. Il travaillait
douze heures, quatorze heures par jour avec un
acharnement fanatique pour ensuite, le soir,
assommé par cette avalanche de chiffres, trop

épuisé pour rêver, et inconscient, s'écrouler sur son lit.

Et pourtant : alors qu'il s'imaginait encore n'en jamais pouvoir aimer qu'une, les rets de sa passion se défirent peu à peu en lui. Il n'est pas dans la nature humaine de vivre, solitaire, de souvenirs et, de même que les plantes, et tous les produits de la terre, ont besoin de la force nutritive du sol et de la lumière du ciel, qu'ils filtrent sans relâche, afin que leurs couleurs ne pâlissent pas et que leur corolle ne perde pas ses pétales en fanant, ainsi, les rêves eux-mêmes, même ceux qui semblent éthérés, doivent se nourrir un peu de sensualité, être soutenus par de la tendresse et des images, sans quoi leur sang se fige et leur luminosité pâlit. C'est ce qui arriva aussi à cet être passionné, sans qu'il s'en aperçût – quand les semaines, les mois et finalement une année, puis une deuxième, s'écoulèrent sans que lui parvinssent un mot, un signe d'elle ; alors son image commença peu à peu à s'estomper. Chaque jour consumé dans le travail déposait quelques petites poussières de cendre sur son souvenir ; il rougeoyait encore, comme des braises sous le gril, mais, finalement, la couche grise ne cessait de s'épaissir. Il lui arrivait encore d'exhumer ses lettres, mais leur encre avait pâli, leurs mots n'atteignaient plus son cœur, et un jour, il fut saisi d'effroi en voyant sa photographie, parce qu'il ne pouvait pas se rappeler la couleur de ses yeux. Et il ne recourait que de plus en plus rarement aux

témoignages naguère si précieux, auxquels il prêtait une vie magique, déjà fatigué, sans le savoir,
de son silence éternel, de cette discussion absurde
avec une ombre qui ne lui donnait aucune
réponse. Par ailleurs, l'entreprise, promptement
mise sur pied, avait fait venir des gens, des com-
pagnons, il chercha des amis et des femmes avec
qui se lier. Et lorsqu'un voyage d'affaires, pendant la troisième année de la guerre, le conduisit
dans la maison d'un Allemand, négociant en gros,
à Veracruz, et qu'il y fit la rencontre de sa fille,
silencieuse, blonde et femme d'intérieur née, il
fut submergé par l'angoisse de rester indéfini-
ment seul au milieu d'un monde que la haine, la
guerre et la folie des hommes menaient à sa perte.
Il se décida dans l'heure et épousa la jeune fille.
Puis vint un enfant, un second suivit, fleurs
vivantes épanouies sur la tombe oubliée de son
amour : à présent, la boucle était bouclée, à l'extérieur une bruyante activité, à l'intérieur le calme
du foyer, et de l'homme d'autrefois, au bout de
quatre ou cinq ans, il ne savait plus rien.

Mais arriva un jour, jour mugissant de carillons
lancés à pleine volée, où les câbles télégraphiques
frémirent et où, dans toutes les rues de la ville en
même temps, des hurlements, des lettres grosses
comme le poing, proclamèrent la nouvelle tant
attendue de la conclusion de la paix, jour où les
Anglais et les Américains qui étaient sur place
claironnèrent à toutes les fenêtres, en poussant
des hourras indélicats, l'anéantissement de sa

patrie – ce jour-là, convoquée par tous les souvenirs d'un pays que sa récente infortune lui rendait de nouveau cher, cette silhouette ressurgit en lui, se frayant un passage jusqu'à son cœur. Qu'avait-il pu lui advenir durant toutes ces années de misère et de privations qu'ici, la presse prenait plaisir à détailler, avec une complaisante prolixité et une activité journalistique insolente ? Est-ce que sa maison, leur maison, avait été épargnée par les révoltes et les pillages, son mari, son fils, étaient-ils encore en vie ? Il se leva au milieu de la nuit laissant sa femme assoupie à ses côtés, il alluma sa lampe et écrivit cinq heures durant, jusqu'à l'aube, une lettre qui ne voulait pas s'achever, où, en un monologue avec lui-même, il lui racontait toute sa vie pendant ces cinq ans. Deux mois plus tard – il avait déjà oublié sa propre lettre – arriva la réponse : indécis, il soupesa dans ses mains l'enveloppe volumineuse, bouleversé à la simple vue de cette écriture intimement familière : il n'osait même pas briser le sceau, comme si, telle la boîte de Pandore, cet objet fermé recelait quelque chose d'interdit. Il la porta durant deux jours dans sa poche intérieure sans la décacheter : il sentait parfois son cœur battre tout contre. Mais cette lettre, enfin décachetée, était à la fois dépourvue de toute familiarité importune et sans la moindre raideur formelle : dans ses paisibles tournures de phrases, il respira, soulagé, cette tendre inclination qui, depuis le début, le rendait si heureux chez elle. Son mari était mort au tout début de la guerre, elle n'osait presque pas s'en plaindre, car, ainsi, il lui avait été épargné de voir les dangers qu'avait courus son entreprise, l'occupation de sa ville et la misère de son peuple trop tôt enivré de ses victoires. Quant à elle et son fils, ils étaient en bonne santé. Comme elle se réjouissait d'avoir de bonnes nouvelles de lui, meilleures que ce qu'elle-même avait à raconter ! Son mariage, elle l'en félicitait sans ambiguïté et avec dignité : malgré lui, c'est le cœur méfiant qu'il l'écouta, mais aucune dissonance dissimulée ou sournoise ne venait assourdir cette partition limpide. Tout était dit avec simplicité, sans aucune outrance ostentatoire, sans aucun attendrissement sentimental, tout le passé semblait purement et simplement dissous, se perpétuant sous la forme de la sympathie ; la passion semblait placée sous l'éclairage d'une pure amitié. Il n'en attendait pas moins de l'élégance de son cœur, mais, sensible à cette façon de procéder franche et sûre (tout d'un coup il lui semblait lire de nouveau dans son regard), grave et néanmoins souriant en écho à cette bonté, il fut envahi par une sorte de reconnaissance attendrie : il s'assit aussitôt, lui écrivit longuement et en détail, et l'habitude, longtemps contrariée, de se raconter leur vie fut reprise comme si de rien n'était – l'écroulement d'un monde n'avait rien réussi à détruire.

Il éprouvait désormais une profonde gratitude devant la courbe lumineuse de sa vie. Il avait réussi son ascension, l'entreprise prospérait, dans son foyer ses enfants grandissaient, tendres bourgeons se muant peu à peu en êtres facétieux doués de parole, qui lui lançaient des regards amicaux et égayaient ses soirées. Et du passé, de cet incendie de sa jeunesse, dans lequel ses nuits, ses journées s'étaient douloureusement consumées, ne parvenait plus qu'une lueur, une silencieuse et bonne lumière d'amitié, sans exigence ni péril. Et ce fut donc tout naturellement qu'il eut l'idée, lorsque deux ans plus tard, il fut chargé par une compagnie américaine de négocier à Berlin des brevets de chimie, d'échanger avec la bien-aimée de naguère, devenue l'amie d'aujourd'hui, un salut de vive voix. A peine arrivé à Berlin, la première chose qu'il fit dans son hôtel fut d'exiger d'être mis en relation par téléphone avec Francfort. Durant ces neuf ans, le numéro, fait symbolique à ses yeux, n'avait pas changé. Heureux présage, se dit-il, rien n'a changé. La sonnerie de l'appareil retentissait déjà insolemment sur la table quand soudain il se mit à trembler à l'idée qu'après des années et des années, il allait de nouveau entendre sa voix, projetée par-dessus les champs, les cultures, les maisons et les cheminées, appelée par la sonnerie, proche malgré tant d'années, d'eau et de terre. Et à peine avait-il dit son nom que soudain, dans un cri effrayant de stupéfiante surprise, son « Est-ce toi, Louis ? » s'élança vers lui, atteignant d'abord son ouïe, puis allant frapper plus bas, son cœur, où le sang soudain affluait – là, quelque chose l'incendia soudain : il eut du mal à poursuivre la conversation, le léger écouteur chancelait dans sa main. Ce ton effrayant et sonore qui trahissait chez elle la surprise, cette exclamation retentissante de joie, avait dû toucher quelque nerf caché de sa vie, car il sentit son sang bourdonner contre ses tempes, il eut du mal à comprendre ce qu'elle lui disait. Et à son insu, en dépit de lui, comme si quelqu'un le lui avait soufflé, il promit ce qu'il n'avait absolument pas l'intention de dire : qu'il viendrait le surlendemain à Francfort. Et ainsi c'en fut fini de sa tranquillité ; il expédia fébrilement ses affaires, se déplaça à toute vitesse en automobile pour achever ses négociations deux fois plus vite. Et lorsque, le lendemain matin au réveil, il se remémora son rêve de la nuit passée, il sut : pour la première fois depuis des années, depuis quatre années, il avait à nouveau rêvé d'elle.

Deux jours plus tard, tandis qu'il s'approchait de chez elle, le matin, après une nuit de gel – il s'était fait annoncer par télégramme – il remarqua soudain, en observant ses pieds : ce n'est pas ma démarche de là-bas, ferme, filant droit, assurée. Pourquoi est-ce que je marche de nouveau comme le jeune homme de vingt-trois ans, timide et angoissé, d'autrefois, qui, tout honteux, époussette encore une fois, de ses doigts tremblants, sa redingote râpée et ôte ses gants neufs avant d'appuyer sur la sonnette ? Pourquoi mon

cœur se met-il tout d'un coup à battre, pourquoi
suis-je pétrifié ? Autrefois une intuition secrète
me faisait sentir que le destin se dissimulait là,
derrière ces portes de cuivre, pour s'emparer de
moi, bienveillant ou hostile. Mais aujourd'hui,
pourquoi faut-il que je courbe l'échine, pourquoi
cette poussée d'inquiétude dissout-elle à nouveau tout ce qu'il y a de ferme et d'assuré en
moi ? Il s'efforçait en vain de se rappeler les
siens, d'évoquer sa femme, ses enfants, sa maison, son entreprise, le pays étranger. Mais tout
cela s'évanouissait, comme emporté par une
nuée spectrale : il se sentait seul, et comme figé
dans la position du quémandeur, de l'enfant
maladroit qu'il était quand il s'approchait d'elle.
Et la main qu'à présent il posait sur la poignée
de métal tremblait, était brûlante.

Mais à peine entré, le sentiment d'être un
étranger disparut, car le vieux serviteur, amaigri
et desséché, avait presque les larmes aux yeux.
« Monsieur le Professeur », balbutia-t-il en répri-
mant un sanglot. Ulysse, dut penser celui qui partageait son émotion, les chiens de la maison te
reconnaissent : la maîtresse du lieu te reconnaî-
tra-t-elle ? Mais déjà la tenture s'écartait, elle
venait à sa rencontre les mains tendues. Un instant, pendant lequel leurs mains s'étreignirent, ils
se regardèrent. Parenthèse brève mais empreinte
de magie où ils se comparèrent, se considérèrent,
se jaugèrent, eurent des pensées enflammées,
éprouvèrent un pudique ravissement – le bon-

heur des regards qui déjà recommençaient à se
dissimuler. Alors seulement l'interrogation se dis-
sipa en un sourire, le regard, en un salut familier.
Oui, c'était bien elle encore, certes un peu vieil-
lie ; à gauche une mèche argentée dessinait un arc
à travers sa chevelure qu'une raie partageait toujours en deux bandeaux égaux ; ce reflet argenté
rendait encore plus silencieux, plus grave, son
doux visage familier et il éprouvait la soif de ces
interminables années, maintenant qu'il buvait
cette voix, cette voix suave, que la douceur de
son accent lui rendait si familière, et qui le saluait
à présent d'un : « C'est si gentil de ta part d'être
venu. »

Comme cette phrase résonna, pure et libre,
telle la note claire d'un diapason : à présent la
conversation avait trouvé son ton et son rythme,
les questions et les histoires se chevauchaient
comme les deux mains sur un clavier, sonores et
éclatantes. Toute la pesanteur et l'appréhension
accumulées s'évanouirent au premier mot qu'elle
prononça devant lui. Mais à l'instant où elle se
tut, plongée dans ses pensées, les paupières
baissées, songeuses, masquant ses yeux, glissa
soudain en lui comme une ombre, insidieuse, la
question : « Est-ce que ce ne sont pas les lèvres
que j'ai embrassées ? » Et lorsque, appelée pour
un moment au téléphone, elle le laissa seul dans
la pièce, le passé l'assaillit sauvagement de toutes
parts. Tant que régnait sa radieuse présence,
cette voix incertaine se tenait coite, mais à pré-

sent chaque fauteuil, chaque tableau remuait doucement les lèvres et, tous, ils s'adressaient à lui, inaudibles chuchotements, compréhensibles et manifestes pour lui seul. J'ai vécu dans cette maison, ne put-il s'empêcher de penser, quelque chose de moi y est resté, quelque chose de ces années est encore là, je ne suis pas encore complètement là-bas, pas encore complètement dans mon monde. Elle revint dans la pièce, sereine, comme si de rien n'était, et les objets se tinrent cois de nouveau. « Tu resteras bien déjeuner, Louis », dit-elle avec le même naturel serein. Et il resta, il resta toute la journée à ses côtés ; leur conversation s'attacha à ces années passées, et elles ne lui avaient jamais paru aussi réelles que maintenant qu'il les racontait. Et lorsqu'il prit enfin congé, qu'il eut baisé sa douce main maternelle, et fermé la porte derrière lui, ce fut comme s'il n'était jamais parti.

Mais la nuit, seul dans une chambre d'hôtel inconnue, avec uniquement le tic-tac de l'horloge à côté de lui et, au milieu de sa poitrine, un cœur qui battait encore plus violemment, ce sentiment d'apaisement s'estompa. Incapable de dormir, il se leva et alluma sa lampe, puis l'éteignit de nouveau pour rester allongé sans dormir. Il ne pouvait s'empêcher de penser sans cesse à ses lèvres, ses lèvres qu'il avait connues d'une autre manière que lors de cette paisible conversation familière. Et il sut tout d'un coup que tout ce bavardage placide n'était qu'un mensonge, qu'il y avait encore dans leur relation quelque chose de refréné et d'irrésolu et que toute cette amitié n'était qu'un masque plaqué sur un visage nerveux, changeant, troublé par l'inquiétude et la passion. Trop longtemps, pendant trop de nuits, autour du feu de camp, là-bas, dans son baraquement, trop d'années, trop de jours, il s'était imaginé autrement ces retrouvailles – ils se jetaient dans les bras l'un de l'autre, s'enlaçaient fiévreusement, sa robe à ses pieds, elle s'offrait tout entière – pour que cette façon d'être amis, de bavarder poliment et de refaire connaissance, pût être tout à fait sincère. Comédien, se dit-il, et comédienne, l'un envers l'autre, mais personne ne trompe l'autre pourtant. Elle dort certainement tout aussi peu que moi cette nuit.

Lorsqu'il arriva chez elle le lendemain matin, le trouble, l'agitation qui émanaient de lui, son regard fuyant, durent la frapper d'emblée, car la première parole qu'elle prononça fut confuse, et, par la suite, elle ne retrouva plus l'insouciant équilibre de sa conversation. Elle jaillissait, puis retombait, il y avait des pauses et des tensions qu'il fallait chasser dans un sursaut de violence. Il y avait quelque chose entre eux, un obstacle invisible, auquel leurs questions et leurs réponses se heurtaient comme des chauves-souris à un mur. Et tous deux le sentaient, ils passaient sans arrêt d'un sujet à l'autre, et finalement, dans le vertige provoqué par ces paroles prudentes qui

ne menaient nulle part, la conversation s'essouf-
fla. Il s'en aperçut à temps et prétexta, lorsqu'elle
lui proposa de nouveau de rester déjeuner, un
entretien urgent en ville.

Elle le déplora sincèrement, et, à ce moment-là,
la timide chaleur de son cœur osa de nouveau
s'exprimer dans sa voix. Mais néanmoins, elle
n'alla pas jusqu'à le retenir. Tandis qu'elle le rac-
compagnait, ils se lancèrent des regards anxieux.
Quelque chose irritait leurs nerfs, la conversation
ne cessait de buter sur cette chose invisible, qui
les accompagnait au fil des pièces, au fil des mots
et qui, à présent, commençait, avec une violence
croissante, à les empêcher de respirer. Aussi
fut-ce un soulagement lorsque, son manteau déjà
sur les épaules, il se retrouva devant la porte. Mais
tout d'un coup il se retourna, résolu. « A vrai
dire, je voulais encore te demander quelque
chose, avant de m'en aller. » « Me demander
quelque chose, tout ce que tu veux ! » dit-elle en
souriant, à nouveau illuminée de joie à l'idée de
pouvoir exaucer un de ses désirs.

« C'est peut-être idiot », dit-il, le regard hésitant, « mais tu peux comprendre, cela me ferait
plaisir de revoir ma chambre, la chambre où j'ai
habité deux ans. Je suis resté en bas, dans les
salles de réception, les pièces destinées aux
étrangers. En vieillissant, on cherche sa propre
jeunesse et on éprouve des joies stupides à partir
de petits souvenirs. »

« Toi, vieillir, Louis », répliqua-t-elle, s'empor-
tant presque, « ce que tu peux être présomptueux ! Regarde-moi plutôt, tu vois cette mèche
grise dans mes cheveux ? Tu es encore un gamin
comparé à moi et tu veux déjà parler de la vieil-
lesse : laisse-moi donc ce petit privilège ! Mais
quel oubli de ma part, de ne pas t'avoir tout de
suite conduit dans ta chambre, car c'est bien toujours ta chambre. Tu n'y trouveras rien de
changé : dans cette maison, rien ne change. »

« Toi non plus, j'espère », dit-il, tentant de
plaisanter, mais lorsqu'elle le regarda, ses yeux
s'emplirent malgré lui de tendresse et de chaleur.
Elle rougit légèrement. « On change, mais on
reste la même personne. »

Ils montèrent dans sa chambre. Dès qu'ils
entrèrent, se produisit un événement quelque peu
embarrassant : en ouvrant, elle s'était effacée
pour le laisser passer, et comme au même
moment il fit le même mouvement dicté par une
politesse réciproque, leurs épaules se heurtèrent
une seconde dans l'encadrement de la porte.
Effrayés, ils reculèrent tous deux, malgré eux,
mais déjà, ce frôlement, si fugace qu'il fût, entre
leurs deux corps, suffit à les embarrasser. Sans
un mot, ils furent enveloppés d'une gêne qui les
paralysa, d'autant plus sensible dans cette pièce
inoccupée et silencieuse : elle se précipita nerveu-
sement vers le cordon de la fenêtre pour relever
les rideaux et laisser entrer plus de lumière sur
l'obscurité feutrée des choses. Mais dès qu'un

brusque jet de lumière crue fit irruption dans la
pièce, ce fut comme si les objets étaient soudain
doués d'un regard et, inquiets, effrayés, s'ani-
maient. Tous, ils s'avançaient, éloquents, porte-
parole importuns d'un souvenir. Ici, l'armoire,
que sa main prévenante avait toujours discrètement mise en ordre pour lui, là-bas, la bibliothèque qui s'était méthodiquement remplie selon ses
désirs les plus fugaces – parlant un langage plus
voluptueux encore – le lit, qui renfermait, il le
savait, sous sa couverture déployée, un nombre
incalculable de ses rêves. Dans le coin, là-bas
– cette pensée l'atteignit, ardente – l'ottomane,
où autrefois elle s'était refusée à lui : partout il
sentait, ravivés par sa passion désormais brûlante,
incandescente, des signes et des messages qui
venaient d'elle, de cette femme qui était à côté
de lui, respirant en silence, violemment étrangère,
le regard détourné, insaisissable. Et ce silence qui
régnait depuis des années, épais et accumulé dans
cette pièce, enflait désormais considérablement,
comme effrayé par la présence d'êtres humains ;
il ressentait un poids qui oppressait ses poumons
et son cœur accablé. Il fallait dire quelque chose
maintenant, il fallait que quelque chose chassât
ce silence, pour éviter qu'il ne les broyât – ils le
sentaient tous les deux. Et c'est ce qu'elle fit – se
retournant soudain.

« C'est exactement comme autrefois, n'est-ce
pas », commença-t-elle à dire, avec la ferme
volonté de prononcer des mots neutres, anodins

(et pourtant sa voix tremblait, comme voilée). Mais il refusa que la conversation prenne cette tournure conciliante, et serra les dents.

« Oui, tout », mais soudain, une colère violente fit irruption et, amer, il ne put réprimer ces paroles : « Tout est comme autrefois, sauf nous, sauf nous ! »

Ce fut comme une morsure, elle reçut ces paroles de plein fouet. Effrayée, elle se retourna.

« Qu'entends-tu par là, Louis ? » Mais elle ne trouva pas son regard. Car ses yeux s'étaient détachés des siens, et, vides d'expression et intenses à la fois, ils fixaient ses lèvres, ces lèvres que depuis des années il n'avait pas touchées et qui jadis s'étaient pourtant embrasées, cette chair contre sa chair, ces lèvres qu'il avait pénétrées, ce fruit humide. Gênée, elle comprit la sensualité de ce regard, son visage s'empourpra, la rajeunissant comme par magie, et il lui sembla qu'elle était soudain la même qu'autrefois, à l'heure de l'adieu dans cette chambre. Pour se dérober à ce regard accaparant et dangereux, elle essaya encore de faire comme si elle ne comprenait pas ce qui était pourtant évident.

« Qu'entends-tu par là, Louis ? » répéta-t-elle, mais c'était davantage une prière de ne pas s'expliquer qu'une question appelant une réponse.

Il fit alors un mouvement décidé et ferme, son regard, fort, viril, s'empara du sien. « Tu ne veux pas comprendre, mais je sais que tu comprends. Te souviens-tu de cette chambre – et te souviens-tu de ce que tu m'as promis... lorsque je reviendrais... »

Ses épaules tremblaient, elle essaya encore d'éluder : « Laisse cela, Louis... ce sont de vieilles histoires, n'y touchons pas. Ce temps-là, où est-il ? »

« Il est en nous, ce temps-là », répondit-il, inflexible, « dans notre volonté. J'ai attendu neuf ans, sans mot dire. Mais je n'ai rien oublié. Et je te le demande, t'en souviens-tu encore ? »

« Oui », elle le regardait, apaisée. « Moi non plus je n'ai rien oublié. »

« Et as-tu l'intention » – il dut reprendre haleine, pour retrouver la force de parler – « as-tu l'intention d'honorer ta promesse ? »

Elle s'empourpra de nouveau, cette fois-ci jusqu'à la racine des cheveux. Apaisante, elle s'avança vers lui : « Louis, enfin, raisonne-toi ! Tu as dit que tu n'avais rien oublié. Mais n'oublie pas que je suis une vieille femme. Avec des cheveux gris, on n'a plus rien à souhaiter, on n'a plus rien à donner. Je t'en prie, laisse le passé où il est. »

Mais à ces mots, l'envie lui vint d'être dur et résolu. « Tu te défiles », lui dit-il, la poussant dans ses retranchements, « mais j'ai attendu trop longtemps, je te le demande, te souviens-tu de ta promesse ? »

Sa voix se brisait à chaque mot : « Pourquoi me demandes-tu cela ? Cela n'aurait pas de sens, de te le dire maintenant, il est trop tard. Mais si tu l'exiges, je vais te répondre. Je n'aurais jamais pu te refuser quoi que ce soit, je t'ai toujours appartenu, depuis le jour où je t'ai connu. »

Il la regarda : comme elle était loyale, même dans son trouble, comme elle était pure, authentique, sans lâcheté, sans faux-fuyants, toujours la même, la bien-aimée, miracle de constance, à chaque instant, fermée et ouverte à la fois. Il ne put s'empêcher d'avancer vers elle, mais devant ce mouvement impétueux, elle se déroba aussitôt, suppliante.

« Viens maintenant, Louis, viens, ne restons pas ici, descendons ; il est midi, la femme de chambre peut arriver à tout moment, nous ne pouvons pas rester ici plus longtemps. »

Et la violence qui émanait d'elle fit ployer sa volonté, et il lui obéit sans un mot, exactement comme autrefois. Ils descendirent dans la salle de réception, traversèrent le vestibule jusqu'à la porte, sans hasarder une parole, sans se regarder. Devant la porte, il se tourna soudain vers elle.

« Je ne peux pas te parler maintenant, pardonne-moi. Je t'écrirai. »

Elle lui sourit, reconnaissante. « Oui, écris-moi, Louis, c'est mieux ainsi. »

Et à peine arrivé dans sa chambre d'hôtel, il se précipita à son bureau et lui écrivit une longue lettre, dont chaque mot, chaque page, lui étaient dictés par cette passion brutalement réprimée. C'était sa dernière journée en Allemagne pour des mois, pour des années, peut-être pour toujours, et il ne voulait, il ne pouvait pas la quitter ainsi, sur ce mensonge, cette froide conversation, la contrainte affectée de cet entretien mondain, il voulait, il devait lui parler une fois encore, seul, loin de la maison, de l'angoisse, du souvenir et de l'oppression de ces pièces qui les épiaient, les séparaient. Et il lui proposait donc de prendre avec lui le train du soir pour Heidelberg, où ils avaient brièvement séjourné tous les deux, dix ans plus tôt, alors qu'ils étaient encore étrangers l'un à l'autre, et pourtant déjà mus par le pressentiment de leur intime connivence : mais aujourd'hui ce devait être un adieu ; c'était là son dernier, son plus profond désir. Cette soirée, cette nuit, il les exigeait encore d'elle. Il scella sa lettre à la hâte, et la fit porter chez elle par un messager. Un quart d'heure plus tard, l'homme était déjà de retour, tenant une petite enveloppe qui portait un sceau jaune. Il s'en saisit d'une main tremblante, elle ne contenait qu'un billet, quelques mots de son écriture ferme et résolue, tracés à la hâte mais sans hésitation :

« C'est une folie, ce que tu demandes, mais je n'ai jamais rien pu te refuser, et je ne le pourrai jamais ; je viens. »

Le train ralentit sa course, une station aux lumières scintillantes le contraignait à réduire son allure. Le rêveur releva machinalement les yeux, délaissant ses pensées pour regarder autour de lui, et chercha à percer l'obscurité, à reconnaître, penchée vers lui, la silhouette de son rêve, tout alanguie dans la pénombre. Oui, elle était bien là, celle qui lui avait toujours été fidèle, qui l'aimait en silence, elle était venue, avec lui, à lui – il ne se lassait pas d'embrasser ce qu'il pouvait saisir de sa présence. Et comme si quelque chose en elle avait senti cette quête de son regard, cette timide et lointaine caresse, voilà qu'elle se redressait et regardait à travers la vitre ; un paysage incertain défilait, que l'humidité et l'obscurité printanière rendaient semblable à de l'eau étincelante.

« Nous allons bientôt arriver », dit-elle comme pour elle-même.

« Oui », il soupira profondément, « cela a duré si longtemps. »

Il ne savait pas lui-même, en prononçant cette plainte impatiente, s'il faisait allusion au trajet, ou à toutes les longues années qui aboutissaient à cette heure : la confusion entre rêve et réalité le déroutait. Il ne sentait qu'une chose, le cliquetis des roues qui filaient sous lui, vers quelque chose, un certain moment, que, du fond d'une étrange torpeur, il n'arrivait pas à discerner. Non, il ne fallait pas y penser, juste se laisser emporter par une puissance invisible, abandonné, les membres détendus, en attente de quelque chose de mystérieux. C'était une sorte de veillée nuptiale, suave et sensuelle et à laquelle pourtant se mêlaient aussi obscurément l'angoisse de l'accomplissement, ce frisson mystique qui vous prend, quand, soudain, ce à quoi on a infiniment aspiré devient palpable, s'approche d'un cœur qui n'ose y croire. Non, pour le moment, ne penser à rien, ne rien vouloir, ne rien désirer, juste rester ainsi, entraîné vers l'incertain comme vers un rêve, porté par un flux inconnu, percevant à peine son corps, s'en tenant à un désir sans but, ballotté par le destin et en plein accord avec soi-même. Juste rester ainsi, des heures encore, une éternité, dans ce crépuscule prolongé, nimbé de rêves : mais déjà, comme une légère appréhension, la perspective d'une fin imminente se profilait.

Les étincelles électriques de la vallée voltigeaient, comme des lucioles, çà et là, de tous côtés, de plus en plus lumineuses, des réverbères défilaient en une double rangée rectiligne, les rails cliquetaient, et, dans l'obscurité, émergeait une coupole de fumée blême.

« Heidelberg », dit l'un des messieurs aux deux autres en se levant. Ils s'emparèrent tous trois de leurs imposants sacs de voyage et se précipitèrent hors du compartiment, pour être les premiers à sortir. Déjà, en freinant aux abords de la gare, les roues crépitaient par à-coups, il y eut une secousse brusque, la vitesse diminua, une dernière fois les roues gémirent comme un animal qu'on torture. Pendant une seconde, ils se retrou-

vèrent tous deux en tête-à-tête, comme effrayés
par l'irruption de la réalité.

« Sommes-nous déjà arrivés ? » Son ton trahissait son angoisse.

« Oui », répondit-il et il se leva. « Puis-je
t'aider ? » Elle refusa et sortit du compartiment
à la hâte. Mais elle s'immobilisa sur le marche-
pied du wagon : comme devant de l'eau glaciale,
son pied hésita un moment à descendre. Puis
elle s'élança, il la suivit sans rien dire. Et tous
deux se retrouvèrent ensuite sur le quai l'un à
côté de l'autre, désemparés, étrangers, meurtris,
et la petite valise pesait dans sa main. C'est alors
que, se remettant en route, la machine expulsa
soudain sa fumée à côté d'eux, aveuglante. Elle
tressaillit, puis le dévisagea, blême, le regard
troublé et hésitant.

« Qu'as-tu ? » lui demanda-t-il.

« C'est dommage, c'était si beau. On est allés
si vite. J'aurais aimé que ça continue des heures
et des heures. »

Il se tut. Il avait eu la même pensée à cette
seconde. Mais c'était du passé désormais : il fallait que quelque chose survienne. « Et si nous y
allions ? » demanda-t-il prudemment.

« Oui, oui, allons-y », murmura-t-elle, à peine
audible. Mais ils restèrent tous deux immobiles,
désunis, comme si quelque chose était brisé en
eux. C'est alors seulement (il oublia de lui prendre
le bras) qu'ils se dirigèrent, indécis et troublés,
vers la sortie.

Ils sortirent de la gare, mais à peine passée la porte, un grondement les assaillit comme une tempête, scandé par des tambours, traversé de sifflets stridents, vacarme imposant, retentissant – une manifestation patriotique d'associations d'anciens combattants et d'étudiants. Mur mouvant orné de drapeaux, se succédant par rangées de quatre, des hommes à l'allure militaire marchaient au pas de parade, en cadence, comme un seul homme, la nuque raide, rejetée en arrière – résolution violente – la bouche grande ouverte, pour chanter, une voix, un pas, une cadence. Aux premiers rangs, des généraux, sommités chenues, couverts de décorations, flanqués d'une organisation de jeunesse, portaient à la verticale, avec une raideur athlétique, des drapeaux gigantesques, têtes de mort, croix gammées, vieilles bannières de l'Empire, flottant au vent, ils bombaient le torse, le front rejeté en avant, comme s'ils avançaient à la rencontre de batteries ennemies. Comme mues par un poing tacticien, les masses marchaient, géométriques, ordonnées, tout en maintenant entre elles une distance comme mesurée avec l'exactitude d'un compas et en surveillant leur pas, chaque nerf tendu par la gravité, le regard menaçant, et à chaque fois qu'une nouvelle rangée – vétérans, groupe de jeunes, étudiants – arrivait le long de

l'estrade surélevée, où, sans relâche, les coups de
tambours s'abattaient en rythme sur l'acier d'une
enclume invisible, un même geste de la tête parcourait la foule avec une raideur toute militaire :
les nuques se tournaient d'une même volonté,
d'un même mouvement, vers la gauche, les drapeaux s'agitaient, comme arrachés à leur cordon,
devant le chef qui, le visage pétrifié, accueillait la
parade des civils, inflexible. Imberbes, pubères
ou ravagés par les rides, ouvriers, étudiants,
soldats ou enfants, ils avaient tous, à cet instant,
le même visage traversé du même regard de
colère, décidé et dur, le menton en avant en signe
de défi et ils faisaient mine de brandir une épée.
Et, de troupe en troupe, la cadence saccadée des
tambours, d'autant plus exaltante dans sa monotonie, ne cessait de marteler les dos avec rigueur,
les yeux avec dureté – forge de la guerre, de la
vengeance, dressée, invisible, sur une place paisible, dans un ciel que survolaient avec suavité
des nuages.

  « Folie », balbutia-t-il à part lui, stupéfait, pris
de vertige. « Folie ! Que veulent-ils ? Une fois
de plus, une fois de plus ? »

  Une fois de plus cette guerre qui venait de
détruire toute sa vie ? Saisi d'un frisson inconnu
il scruta ces jeunes visages, examina cette masse
qui cheminait, noire, en rangs par quatre, cette
pellicule cinématographique qui défilait, par seg-
ments, surgissant de l'étroit passage d'une boîte
obscure, et chaque visage aperçu était figé dans

cette même expression d'amertume résolue
– une menace, une arme. Pourquoi cette menace
brandie avec fracas par une douce soirée de juin,
martelée dans une ville qui invitait à l'aimable
rêverie ?

« Que veulent-ils ? Que veulent-ils ? » Cette
question ne cessait de le prendre à la gorge. Il
venait de goûter à nouveau à un monde harmonieux, limpide comme le cristal, ensoleillé de tendresse et d'amour, il venait de s'enfoncer dans
une mélodie de bonté et de confiance, et soudain
cette masse piétinait tout d'un pas d'airain, avec
ses ceinturons, ses mille voix, ses mille individus
qui n'exhalaient pourtant qu'une seule chose,
dans leurs cris et leurs regards : la haine, la haine,
la haine.

Il lui saisit machinalement le bras, pour sentir
quelque chose de chaud, l'amour, la passion, la
bonté, la pitié, un doux sentiment d'apaisement,
mais les tambours réduisaient en miettes le calme
qui était en lui, et maintenant que ces milliers de
voix entonnaient toutes ensemble, tonitruantes,
un chant militaire incompréhensible, que la terre
tremblait sous le pas frappé en cadence, que dans
l'air éclataient les hourras de ces escouades gigantesques, c'était comme si quelque chose de tendre
et d'harmonieux se brisait en lui au contact de
l'impétueux grondement de la réalité qui s'avan-
çait avec fracas.

Un frôlement tout contre lui l'effraya : de ses
doigts gantés, elle l'engageait à ne pas crisper les

siens avec une telle brutalité. Il tourna vers elle
son regard captivé par le défilé – elle le regardait,
suppliante, sans un mot, il se sentit doucement
tiré par le bras.

« Oui, allons-y », murmura-t-il en se ressaisissant, il redressa ses épaules comme pour se défendre contre un ennemi invisible et se fraya un
passage à travers ce magma humain, par chance
immobilisé, qui, bouche bée comme lui, regardait
fasciné la marche ininterrompue des légions. Il
ne savait pas vers quoi il se dirigeait : sortir de
cet assourdissant tumulte, s'éloigner d'ici, de cet
endroit, où un mortier bruyant pilonnait, dans
une cadence implacable, tout ce qu'il y avait de
délicat et de rêveur en lui. Etre loin, être seul
avec elle, l'unique, enveloppés par l'obscurité,
sous un toit, sentir sa respiration, se noyer dans
son regard pour la première fois depuis dix ans
sans être épié, sans être dérangé, jouir pleinement de cet isolement, qu'il avait imaginé dans
d'innombrables rêves et qui était déjà presque
charrié au loin par cette vague humaine, tourbil-
lonnante, faite de cris et de pas, qui ne cessait de
se renouveler. Son regard examinait avec angoisse
les maisons, toutes ornées de drapeaux ; sur certaines, des lettres d'or signalaient des maisons de
commerce, sur d'autres, des auberges. Tout à
coup il sentit le léger tiraillement de la petite
valise dans sa main, lui suggérant de s'arrêter
quelque part, n'importe où, pour être chez soi,
seuls ! S'acheter une poignée de tranquillité,

quelques mètres carrés ! Et en guise de réponse
le nom étincelant d'or d'un hôtel s'afficha, sur
une haute façade de pierres, exhibant sa porte
vitrée à tambour. Son pas ralentit, son souffle
devint court. Il resta immobile, presque interdit,
d'un geste involontaire, il lui lâcha le bras. « Ce
doit être un bon hôtel, on me l'a recommandé »,
balbutia-t-il. Sa nervosité, son embarras l'avaient
fait mentir.

Elle recula, effrayée, le sang afflua à son visage
blême. Ses lèvres bougeaient et voulaient dire
quelque chose – peut-être la même chose qu'il
y a dix ans, son exclamation épouvantée : « Pas
maintenant ! Pas ici ! »

Mais elle vit son regard dirigé vers elle,
angoissé, hagard, anxieux. Et elle inclina la tête
en signe d'acquiescement tacite et, découragée,
le suivit à petits pas jusqu'à l'entrée.

Dans un coin de la réception, une casquette
de couleur sur la tête, et l'air important d'un
capitaine de navire responsable de la vigie, un
concierge se tenait, désœuvré, derrière son
bureau. Il ne fit pas un pas vers les nouveaux
venus, qui entraient en hésitant, il se contenta
d'effleurer d'un regard fugace, déjà méprisant,
prompt à évaluer, la petite valise de toilette. Il
attendait, et il fallut aller vers lui, tout d'un coup

il avait l'air très occupé à compulser les pages du gigantesque registre. Il attendit que le nouvel arrivant soit juste devant lui, pour lever sur celui-ci un regard sec, l'examinant avec une froide sévérité : « Ces Messieurs Dames ont-ils réservé ? » Et quand, presque honteux, on lui eut dit que non, il se remit à feuilleter en guise de réponse. « Je crains que nous ne soyons complets. Nous avions aujourd'hui un salut au drapeau, mais – », ajouta-t-il, affable, « je vais voir ce qu'on peut faire. »

Pouvoir lui en coller une, à cet adjudant galonné, se dit-il amèrement, humilié, me voici redevenu le mendiant, l'obligé, l'intrus, pour la première fois depuis dix ans. Mais entre-temps le présomptueux concierge avait achevé sa vérification cérémonieuse. « La 27 vient juste de se libérer, c'est une chambre avec un grand lit, si ça vous intéresse. » Plus qu'à dire, dans un grognement étouffé, un rapide « Bien », et déjà de sa main inquiète il s'emparait de la clé qu'on lui tendait, impatient de voir des murs silencieux s'interposer entre cet homme et lui. Mais la voix sévère, derrière lui, revint à la charge : « Le registre, s'il vous plaît », et on lui présenta une feuille rectangulaire, divisée en dix ou douze rubriques, à remplir, état, nom, âge, lieu de naissance, de résidence, et nationalité, ces questions importunes de l'administration aux êtres humains. Cette tâche qui lui répugnait, il l'accomplit en un tour de main : mais, lorsqu'il lui fallut inscrire son nom à elle, et que, mensongèrement, il en fit sa femme (ce qui avait été naguère son vœu le plus secret), son léger crayon trembla, maladroit, dans sa main. « Ici encore : la durée du séjour », réclama l'implacable concierge, vérifiant ce qui avait été écrit, et il pointa de son doigt charnu la rubrique encore vide. « Un jour », inscrivit le crayon avec colère : excédé, il sentait que son front devenait moite, il dut ôter son chapeau, tant cet air étranger l'oppressait.

« Premier étage à gauche », expliqua, accourant prestement à son secours, un valet zélé, au moment où, épuisé, il se détournait. Mais c'est elle seulement qu'il cherchait : pendant toute la procédure, elle s'était tenue immobile, feignant de l'intérêt pour une affiche qui annonçait un récital de Schubert interprété par une chanteuse inconnue, et, tandis qu'elle restait ainsi immobile, un frisson courut le long de ses épaules, comme le vent sur une prairie. Il remarqua sa fébrilité dominée à grand-peine et il eut honte : pourquoi l'ai-je arrachée à sa tranquillité pour l'amener ici ? pensa-t-il malgré lui. Mais on ne pouvait plus revenir en arrière. « Viens », insistat-il à voix basse. Sans le regarder, elle détacha les yeux de l'affiche sombre et monta les escaliers d'un pas lourd : comme une vieille femme, ne put-il s'empêcher de penser.

Il n'y avait pensé qu'une seconde, tandis qu'elle montait avec peine, en tenant la rampe, les quelques marches, et il avait aussitôt repoussé

cette pensée hideuse. Mais cette sensation violemment rejetée laissa une empreinte froide et
douloureuse.

Ils étaient enfin arrivés dans le couloir : une
éternité, ces deux minutes de silence. Une porte
était ouverte, c'était leur chambre : la femme de
chambre était encore en train d'y passer le chif-
fon et le balai. « Un instant, j'ai bientôt fini »,
s'excusa-t-elle, « la chambre vient d'être libérée,
mais ces messieurs dames peuvent entrer, je n'ai
plus qu'à mettre des draps propres. »

Ils entrèrent. Dans cette pièce fermée, l'air était
vicié, épais et douceâtre, cela sentait le savon à
l'huile d'olive et la fumée de cigarette froide, on
percevait encore la trace indistincte d'étrangers.

Effronté et peut-être encore chaud de présence
humaine, le lit double trônait au milieu, défait, il
indiquait clairement le sens et la destination de
cette pièce ; cette évidence l'écœura : il fuit malgré lui vers la fenêtre et l'ouvrit d'un coup ; un
air moite, indolent, mêlé au vacarme confus de la
rue, s'immisça le long des rideaux qui se balan-
cèrent, ramenés en arrière. Il demeura devant la
fenêtre ouverte et regarda, attentif, les toits que
l'obscurité gagnait déjà : comme cette chambre
était hideuse, comme on avait honte d'être ici,
comme elles étaient décevantes, ces retrouvailles
ardemment désirées depuis des années, qu'ils
n'avaient ni l'un ni l'autre voulues d'une si bru-
tale, d'une si impudente crudité ! Il reprit sa respiration trois, quatre, cinq fois – il compta –

regardant au-dehors, sans avoir le courage de dire
le premier mot ; et puis non, ça n'allait pas, il se
força à se retourner. Et, tout comme il l'avait
pressenti, comme il l'avait redouté, elle se tenait
pétrifiée dans son cache-poussière gris, les bras
ballants, comme cassés, au milieu de la pièce,
comme une chose qui n'avait rien à faire ici et
que seul un violent hasard, une méprise, avait
conduite dans cette pièce répugnante. Elle avait
ôté ses gants, manifestement pour les poser, mais
il n'y avait aucun endroit de cette chambre où
cela ne la dégoûtât pas de le faire : aussi se balan-
çaient-ils, écorces vides, dans ses mains. Ses yeux
s'étaient figés, comme derrière un voile : au
moment où il se retourna, un flot de larmes s'en
échappa. Il comprit. « Et si » – sa voix trébucha,
son souffle avait été trop longtemps réprimé –
« et si nous allions nous promener encore un
peu ?... On étouffe ici ! »

« Oui... oui. » Le mot jaillit d'elle comme une
délivrance – dénouement de cette angoisse. Et
déjà sa main agrippait la poignée de la porte. Il
la suivit plus lentement et il vit : ses épaules tremblaient comme celles d'un animal qui vient
d'échapper à des griffes mortelles.

La rue attendait, chaude et envahie par les
gens, son flux était encore mû par l'impétueux

sillage du défilé militaire – ils bifurquèrent donc vers des rues plus tranquilles, vers le chemin boisé, le même qui les avait menés dix ans plus tôt, lors d'une excursion dominicale, au château. « Te souviens-tu, c'était un dimanche », dit-il à voix haute, malgré lui, et elle, que hantait manifestement le même souvenir, répondit à voix basse. « Je n'ai rien oublié de ce que j'ai fait avec toi. Otto marchait avec son camarade, ils filaient si fougueusement – nous avons failli les perdre. Je l'appelais, je le suppliais de bien vouloir revenir. A contrecœur, car je mourais d'envie d'être seule avec toi. Mais à cette époque-là nous étions encore des étrangers l'un pour l'autre. »

« Comme aujourd'hui », dit-il, essayant de plaisanter. Mais elle resta de marbre. Je n'aurais pas dû dire cela, sentit-il confusément : qu'est-ce qui me pousse à toujours comparer aujourd'hui et autrefois. Mais pourquoi aucun mot ne me réussit-il aujourd'hui auprès d'elle : ce que nous avons vécu autrefois, le temps passé, ne cesse de s'y immiscer.

Ils gravirent les hauteurs en silence. En contrebas, les maisons faiblement éclairées s'estompaient déjà ; depuis le crépuscule de la vallée, la courbe du fleuve s'étirait, toujours plus lumineuse, tandis qu'en haut, les arbres embaumaient et que l'obscurité s'abattait sur eux. Ils ne croisaient personne, seules leurs ombres glissaient en silence devant eux. Et chaque fois qu'un réverbère éclairait leurs silhouettes à l'oblique, leurs ombres se mêlaient, comme si elles s'embrassaient ; elles s'allongeaient, comme aspirées l'une vers l'autre, deux corps formant une même silhouette, se détachaient encore, pour s'étreindre à nouveau, tandis qu'eux-mêmes marchaient, las et distants. Il regardait, comme en exil, ce jeu étrange, la fuite suivie d'une étreinte sitôt défaite de ces silhouettes sans âme, de ces corps ombreux, qui n'étaient pourtant que le reflet des leurs, il regardait avec une curiosité maladive se dérober et se rejoindre ces figures inconsistantes, et il en oubliait presque celle qui était bien vivante à côté de lui, au profit de son image noire, glissante et fuyante. Il ne pensait à rien de précis et sentait néanmoins confusément que ce jeu cherchait à lui dire quelque chose, il ignorait quoi, quelque chose de profondément enfoui en lui, comme une source, et qui jaillissait avec violence maintenant que le souvenir s'y aventurait, brusque et menaçant, pour aller y puiser. Mais qu'était-ce donc ? – Il se concentra, que cherchaient à lui dire ces ombres qui cheminaient, dans ce bois qui s'endormait : ce devait être des paroles, une situation, une expérience vécue, entendue, ressentie, comme enveloppée dans une mélodie, une chose enfouie tout au fond de lui, qu'il n'avait pas perçue depuis des années.

Et cela éclata soudain, éclair déchirant l'obscurité du souvenir : c'était bien des paroles, un poème qu'un soir elle lui avait lu dans sa chambre. Un poème, un poème français, il en connaissait chaque mot, et, comme apportés par un vent brûlant, ils étaient là tout d'un coup sur ses lèvres, il entendit, à une décennie de distance, prononcés par sa voix à elle, ces vers oubliés d'un poème étranger :

> *Dans le vieux parc solitaire et glacé*
> *Deux spectres cherchent le passé*

Et à peine ces vers eurent-ils fusé dans sa mémoire, que toute la scène lui revint comme par magie : la lampe répandant sa lumière dorée dans le salon obscur, où un soir elle lui avait lu ce poème de Verlaine. En la voyant, obscurcie par l'ombre de la lampe, assise comme autrefois, proche et lointaine à la fois, aimée et inaccessible, il sentit tout d'un coup son cœur s'emballer, enthousiasmé d'entendre sa voix se moduler sur la vague sonore du vers, de l'entendre prononcer – même si ce n'était que dans un poème – les mots « nostalgie » et « amour »[1], mots d'une langue étrangère certes, et destinés à des étrangers, mais néanmoins grisants, prononcés par cette voix, sa voix. Comment avait-il pu oublier cela, pendant des années, ce poème, cette soirée où, seuls dans la maison, et troublés par cette soli-

---

1. Là encore, probable confusion de Stefan Zweig. (*N.d.T.*) Voir Avant-propos, p. 9.

tude, ils avaient fui les périls de la conversation pour le terrain plus rassurant des livres, où, derrière les mots et la mélodie, avait parfois clairement brillé, comme une lueur dans des buissons, l'aveu d'un sentiment plus intime, étincelles insaisissables, qui, bien qu'évanescentes, les rendaient heureux. Comment avait-il pu oublier cela si longtemps ? Mais aussi, comment était-il soudain revenu, ce poème perdu ? Sans réfléchir, il se traduisit ces vers. Et à peine se les était-il dits, qu'il les comprenait déjà, et qu'il en détenait la clé, lourde et scintillante, l'association d'idées qui soudain avait arraché, si net, si palpable, du fond d'un puits d'eau dormante, ce souvenir, précisément celui-ci : ces ombres, elles étaient là, sur le chemin, les ombres, qui avaient touché, réveillé les mots par elle prononcés, oui, mais bien plus encore. Et dans un frisson, il perçut soudain, effrayé, le sens de cette révélation ; ces paroles étaient prémonitoires : n'étaient-ils pas eux-mêmes ces ombres qui cherchaient leur passé et adressaient de sourdes questions à un autrefois qui n'existait plus, des ombres, des ombres qui voulaient devenir vivantes et n'y parvenaient plus, car ni elle ni lui n'étaient plus les mêmes et ils se cherchaient pourtant, en vain, se fuyant et s'immobilisant, efforts sans consistance et sans vigueur, comme ces noirs fantômes, devant eux ?

Il dut sursauter sans s'en rendre compte, car elle se retourna : « Qu'as-tu, Louis ? A quoi penses-tu ? »

Mais il éluda « Rien ! Rien ! » Et il se contenta de plonger plus profondément en lui-même, dans cet autrefois : cette voix, la voix prémonitoire du souvenir, ne voulait-elle pas une fois encore lui parler et, grâce au passé, lui révéler le présent ?

Die Reise in die Vergangenheit

» Da bist du ! « Mit ausgestreckten, beinahe aus-
gebreiteten Armen ging er ihr entgegen. » Da bist
du «, wiederholte er noch einmal und die Stimme
stieg die immer hellere Skala auf von Überraschung
zu Beglückung, indes zärtlicher Blick die geliebte
Gestalt umfing. » Ich hatte schon gefürchtet, du wür-
dest nicht kommen ! «

» Wirklich, so wenig Vertrauen hast du zu mir ? «
Aber nur die Lippe spielte lächelnd mit diesem leich-
ten Vorwurf : von den Augensternen, den klar erhell-
ten, strahlte blaue Zuversicht.

» Nein, nicht das, ich habe nicht gezweifelt – was
ist denn verläßlicher in dieser Welt als dein Wort ?
Aber, denk' dir, wie töricht ! – nachmittags plötzlich,
ganz unvermutet, ich weiß nicht warum, packte mich
mit einmal ein Krampf sinnloser Angst, es könnte dir
etwas zugestoßen sein. Ich wollte dir telegrafieren,
ich wollte zu dir hin, und jetzt, wie die Uhr vorrückte
und ich dich noch immer nicht sah, riß mich's durch,
wir könnten einander noch einmal versäumen. Aber
Gottlob, jetzt bist du da – «

» Ja – jetzt bin ich da «, lächelte sie, wieder strahlte
der Stern aus tiefem Augenblau. » Jetzt bin ich da
und bin bereit. Wollen wir gehen ? «

» Ja, gehen wir ! « wiederholten unbewußt die Lippen. Aber der reglose Leib rührte keinen Schritt, immer und immer wieder umfing zärtlicher Blick das Unglaubhafte ihrer Gegenwart. Über ihnen, rechts und links klirrten die Geleise des Frankfurter Hauptbahnhofes von schütterndem Eisen und Glas, Pfiffe schnitten scharf in den Tumult der durchrauchten Halle, auf zwanzig Tafeln stand befehlshaberisch je eine Zeit mit Stunden und Minuten, indes er mitten im Quirl strömender Menschen nur sie als einzig Vorhandenes fühlte, zeitentwandt, raumentwandt in einer merkwürdigen Trance leidenschaftlicher Benommenheit. Schließlich mußte sie mahnen » Es ist höchste Zeit, Ludwig, wir haben noch keine Billette. « Da erst löste sich sein verhafteter Blick, voll zärtlicher Ehrfurcht nahm er ihren Arm.

Der Abendexpress nach Heidelberg war ungewohnt stark besetzt. Enttäuscht in ihrer Erwartung, dank der Billette Erster Klasse miteinander allein zu sein, nahmen sie nach vergeblicher Umschau schließlich mit einem Abteil vorlieb, wo nur ein einzelner grauer Herr halb schlafend in der Ecke lehnte. Schon freuten sie sich, vorgenießend, vertrauten Gespräches, da, knapp vor dem Abfahrtspfiff, stapften noch drei Herren mit dicken Aktentaschen keuchend ins Coupé, Rechtsanwälte offenbar und von eben erst beendetem Prozesse dermaßen erregt, daß ihre prasselnde Diskussion jede Möglichkeit anderen Gesprächs vollkommen niederschlug. So blieben die beiden resigniert einander gegenüber, ohne ein Wort zu versuchen. Und nur wenn einer von ihnen den Blick aufhob, sah er, dunkelwolkig überflogen vom

ungewissen Lampenschatten, den zärtlichen Blick des
andern sich liebend zugewandt.

Mit lockerem Ruck setzte sich der Zug in Bewegung. Das Räderrattern dämpfte und zerschlug das
rechtsanwältliche Gespräch zu bloßem Geräusch.
Dann aber wurde aus Stoß und Schüttern allmählich
rhythmisches Schwanken, stählerne Wiege schau-
kelte in Träumerei. Und während unten knatternde
Räder unsichtbar in ein Vorwärts liefen, jedem anders
zuerfüllt, schwebten die Gedanken der beiden träumerisch ins Vergangene zurück.

Sie waren einander vor mehr als neun Jahren zum
erstenmal begegnet und, seitdem getrennt durch
undurchstoßbare Ferne, fühlten sie nun mit verviel-
fachter Gewalt dies wieder erste wortlose Nah-
Beisammensein. Mein Gott, wie lange, wie weiträumig
das war, neun Jahre, viertausend Tage, viertausend
Nächte bis zu diesem Tage, bis zu dieser Nacht ! Wieviel Zeit, wieviel verlorene Zeit, und doch sprang ein
einziger Gedanke in einer Sekunde zurück zum
Anfang des Anfangs. Wie war es nur ? Genau entsann
er sich : als Dreiundzwanzigjähriger war er zum erstenmal in ihr Haus gekommen, scharf schon die Lippe
gekerbt unter dem sanften Flaum jungen Bartes. Vorzeitig losgerungen von einer durch Armut gedemütig-
ten Kindheit ; aufgewachsen an Freitischen, sich
durchfrettend als Hauslehrer und Nachhelfer, verbit-
tert vor der Zeit durch Entbehrung und kümmerliches
Brot. Tagsüber die Pfennige scharrend für Bücher,
nachts mit ermüdeten und krampfig gespannten Nerven dem Studium folgend, hatte er als Erster die che-
mischen Studien absolviert und, besonders empfohlen

von seinem Ordinarius, war er zu dem berühmten Geheimrat G., dem Leiter der großen Fabrik bei Frankfurt am Main gekommen. Dort teilte man ihm zunächst subalterne Arbeiten im Laboratorium zu, aber bald des zähen Ernstes dieses jungen Menschen gewahr, der mit der ganzen gestauten Kraft eines fanatischen Zielwillens sich tief in die Arbeit schraubte, begann sich der Geheimrat für ihn besonders zu interessieren. Probeweise teilte er ihm immer verantwortlichere Arbeit zu, die jener, die Möglichkeit des Entkommens aus dem Kellergewölbe der Armut erkennend, gierig ergriff. Je mehr Arbeit man ihm auflud, desto energischer reckte sich sein Wille : so wurde er in kürzester Frist aus einem dutzendmäßigen Gehilfen der Adlatus wohlbehüteter Experimente, der » junge Freund «, wie ihn der Geheimrat schließlich wohlwollend zu benennen liebte. Denn ohne daß er [es]* wußte, beobachtete ihn hinter [der] Tapetentür des Chefzimmers ein prüfender Blick auf höhere Eignung, und indes der Ehrgeizige blindwütig Tägliches zu bewältigen meinte, ordnete ihm der fast immer unsichtbare Vorgesetzte schon höhere Zukunft zu. Durch eine sehr schmerzhafte Ischias häufig zu Haus, oftmals sogar ans Bett gefesselt, spähte seit Jahren der alternde Mann nach einem unbedingt verläßlichen und geistig zureichendem Privatsekretär, mit dem er die geheimsten Patente und die in notwendiger Verschwiegenheit ausgeführten Versuche besprechen konnte : endlich schien er gefunden. Eines Tages trat der Geheimrat an den Erstaunten

---

* Les termes entre crochets ont été rétablis par l'éditeur.

mit dem unerwarteten Vorschlag heran, ob er nicht, um ihm näher zur Hand zu sein, sein möbliertes Zimmer in der Vorstadt aufgeben und in ihrer geräumigen Villa als Privatsekretär Wohnung nehmen wolle. Der junge Mann war erstaunt von so unerwartetem Vorschlage, noch erstaunter aber der Geheimrat, als jener nach eintägiger Überlegungsfrist den ehrenvollen Vorschlag rundweg ablehnte, die nackte Weigerung ziemlich unbeholfen hinter schlottrigen Ausflüchten verbergend. Eminent als Gelehrter, war doch in seelischen Dingen der Geheimrat nicht erfahren genug, um den wahren Grund dieser Weigerung zu erraten, und vielleicht sich selbst gestand der Trotzige sein letztes Gefühl nicht ein. Und dies war nichts anderes als ein krampfig verbogener Stolz, die verwundete Scham einer in bitterster Armut verbrachten Kindheit. Als Hauslehrer in parvenühaften beleidigenden Häusern der Reichen aufgewachsen, ein namenlos amphibisches Wesen zwischen Diener und Hausgenossen, dabei und auch nicht dabei, Zierstück wie die Magnolien am Tische, die man aufstellte und abräumte nach Bedarf, hatte er die Seele randvoll von Haß gegen die Oberen und ihre Sphäre, die schweren wuchtigen Möbel, die vollen üppigen Zimmer, die übermäßig fülligen Mahlzeiten, all dies Reichliche, daran er nur als Geduldeter Anteil nahm. Alles hatte er dort erlebt, die Beleidigungen frecher Kinder und das noch beleidigendere Mitleid der Hausfrau, wenn sie ihm am Monatsende ein paar Noten hinstreifte, die höhnisch ironischen Blicke der immer gegen den höher Dienenden grausamen Mägde, wenn er mit seinem plumpen Holzkoffer in ein neues Haus angerückt kam und den einzigen Anzug, die grau zerstopfte

Wäsche, diese untrügbaren Zeichen seiner Armut, in einem geliehenen Kasten verstauen mußte. Nein, nie mehr, hatte er sich's geschworen, nie mehr in fremdes Haus, nie mehr in den Reichtum zurück, ehe er ihm nicht selber gehörte, nie mehr sich ausspähen lassen in seiner Dürftigkeit und blessiert durch unedel dargebotene Geschenke. Nie mehr, nie mehr. Nach außen deckte ja jetzt der Doktortitel, ein billiger, aber doch undurchdringlicher Mantel, die Niedrigkeit seiner Stellung, im Büro verhüllte die Leistung die schwärende Wunde seiner geschändeten, von Armut und Almosen vereiterten Jugend : nein, für kein Geld mehr wollte er diese Handvoll Freiheit verkaufen, diese Undurchdringlichkeit seines Lebens. Und darum lehnte er die ehrende Einladung, auf die Gefahr hin seine Karriere zu verderben, mit ausflüchtender Begründung ab.

Aber bald ließen ihm unvorhergesehene Umstände nicht mehr freie Wahl. Das Leiden des Geheimrates verschlimmerte sich dermaßen, daß er längere Zeit das Bett hüten mußte und selbst von telefonischem Verkehr mit seinem Büro ausgeschaltet war. So wurde ein Privatsekretär zur unentbehrlichen Notwendigkeit, und der dringlich wiederholten Aufforderung seines Protektors konnte er sich schließlich nicht mehr entziehen, wollte er nicht auch seiner Stellung verlustig gehen. Ein schwerer Gang, weiß Gott, wurde ihm diese Übersiedlung : noch genau erinnerte er sich des Tages, da er zum erstenmal die Klingel in jener vornehmen, ein wenig altfränkischen Villa an der Bockenheimer Landstraße rührte. Abends vorher hatte er noch eilig von seinen geringen Ersparnissen – eine alte Mutter und zwei Schwestern in einer ver-

lorenen Provinzstadt zehrten an seinem kargen
Gehalt – sich frische Wäsche, einen passablen schwarzen Anzug, neue Schuhe gekauft, um nicht allzu deutlich seine Bedürftigkeit zu verraten, auch trug diesmal
ein Lohndiener die häßliche, ihm von vieler Erinnerung verhaßte Truhe mit seinen Habseligkeiten
voraus : dennoch quoll das Unbehagen wie Brei in die
Kehle, als ein Diener in weißen Handschuhen ihm
förmlich auftat und schon von der Vorhalle der dicke
satte Brodem des Reichtums ihm entgegenschlug. Da
warteten tiefe Teppiche, die den Schritt weich ein-
schluckten, rund gespannte Gobelins schon im Vorraum, die feierliches Aufblicken forderten, da standen
geschnitzte Türen mit schweren bronzenen Klinken,
sichtlich bestimmt, nicht von eigener Hand berührt,
sondern vom servilen Diener mit gebuckeltem Rücken
aufgerissen zu werden : alles das drückte betäubend
und widrig zugleich auf seine trotzige Erbitterung.
Und als der Diener ihn dann in das dreifenstrige Frem-
denzimmer führte, ihm als ständiger Wohnraum zuge-
dacht, überwog das Gefühl des Ungehörigen und
Eindringlings : er, gestern noch im zugigen Hinterzim-
merchen des vierten Stockes, mit hölzernem Bett und
blechernem Waschnapf, sollte hier heimisch sein, wo
jedes Gerät mit frecher Üppigkeit und seines Geld-
wertes bewußt dastand und höhnisch auf den bloß
Geduldeten sah. Was er mitgebracht, ja er selbst in
seiner eigenen Kleidung, schrumpfte erbärmlich
zusammen in diesem weiten, lichtdurchstrahlten
Raum. Wie ein Gehenkter pendelte lächerlich sein einziger Rock in dem breiten fülligen Kleiderschrank,
seine paar Waschsachen, sein vertragenes Rasierzeug,
wie Auswurf lag's oder wie ein von einem Polier ver-

gessenes Arbeitszeug auf dem geräumigen, marmor-
gekachelten Waschtisch ; und unwillkürlich ver-
steckte er die harte klotzige Holztruhe unter einem
Überwurf, sie beneidend, daß sie hier sich verkrie-
chen und verstecken konnte, indes er selbst wie ein
ertappter Einbrecher in dem verschlossenen Raum
stand. Vergebens pumpte er sein beschämtes und
verärgertes Nichtigkeitsgefühl mit dem Zusprechen
auf, er sei ja der Gebetene, der Geforderte. Aber
immer wieder drückte das behäbige Ringsumher der
Dinge die Argumente nieder, er fühlte sich wieder
klein, geduckt und besiegt, von dem Gewicht der
protzigen, prahlerischen Geldwelt, Diener, Knecht,
Tellerschlucker, menschliches Möbel, gekauft und
verleihbar, bestohlen um sein eigenes Sein. Und als
jetzt der Diener mit leisem Knöchel die Türe berührend, eingefrorenen Gesichts und steifer Haltung
meldete, die gnädige Frau lasse Herrn Doktor bitten,
da spürte er, indes er zögernd die Flucht der Zimmer
nachschritt, wie seit Jahren zum erstenmal seine Haltung einschrumpfte und die Schultern sich im voraus
duckten zur servilen Verbeugung und nach Jahren in
ihm wieder die Unsicherheit und Verwirrung des Knaben begann.

Aber kaum daß er ihr erstmalig entgegentrat, löste
sich wohltuend dieser innere Krampf : noch ehe sein
Blick aus der Verbeugung auftastend, Antlitz und Gestalt der Sprechenden umfing, war ihm ihr Wort schon
unwiderstehlich entgegengegangen. Und dieses erste
Wort war Dank, dermaßen freimütig und natürlich
gesprochen, daß es all dieses Gewölk des Unmuts um
ihn zerteilte, unmittelbar das auflauschende Gefühl
berührend. » Ich danke Ihnen vielmals, Herr Dok-

tor «, und herzlich bot sie ihm zugleich die Hand,
» daß Sie der Einladung meines Mannes endlich Folge
geleistet haben, und ich wünschte, es wäre mir gege-
ben, Ihnen bald erweisen zu dürfen, wie sehr ich Ihnen
dafür dankbar bin. Es mag Ihnen nicht leicht gefallen
sein : man gibt seine Freiheit ja nicht gern auf, aber
vielleicht beruhigt Sie das Gefühl, zwei Menschen
dadurch auf das äußerste verpflichtet zu haben. Was
meinerseits geschehen kann, Sie das Haus vollkommen
als das Ihre fühlen zu lassen, soll von Herzen gern
geschehen. « In ihm horchte etwas auf. Wieso wußte
sie das von der ungern verkauften Freiheit, wieso griff
sie gleich mit dem ersten Wort an das Wunde, das
Aufgeschürfte und Empfindlichste seines Wesens,
gleich hin an jene pulsende Stelle der Angst, seine
Freiheit zu verlieren und nur ein Geduldeter, ein
Gemieteter, ein Bezahlter zu sein ? Wie hatte sie gleich
mit der ersten Bewegung der Hand dieses alles von
ihm weggesstreift. Unwillkürlich sah er zu ihr auf, nun
erst gewahrwerdend eines warmen anteilnehmenden
Blickes, der den seinen vertrauend erwartete.

Etwas sicher Sanftes, Beruhigendes und heiter
Selbstbewußtes ging von diesem Antlitz aus, Klarheit
strahlte hier von reiner Stirn, die, noch jugendlich
blank, beinahe vorzeitig den ernsten Scheitel der
Matrone trug, ein dunkel geschichtetes Haar mit tiefen Wellen niederwölbend, indes vom Hals her ein
gleich dunkles Kleid die fülligen Schultern um-
schloß : um so heller wirkte dieses Antlitz mit seinem
beruhigten Licht. Wie eine bürgerliche Madonna sah
sie aus, ein wenig nonnenhaft im hochgeschlossenen
Kleid, und die Gütigkeit gab jeder Bewegung eine
Aura von Mütterlichkeit. Nun trat sie einen Schritt

näher voll weicher Bewegung, Lächeln nahm ihm den
Dank von den zögernden Lippen. » Nur eine Bitte,
die erste gleich in erster Stunde. Ich weiß, ein Zusam-
menleben, wenn man einander nicht seit lange kennt,
ist immer ein Problem. Und da hilft nur eines :
Aufrichtigkeit. So bitte ich Sie, wenn bei irgendeiner
Gelegenheit Sie sich hier bedrückt, von irgendeiner
Einstellung oder Einrichtung gehemmt fühlen, sich
frei mir gegenüber zu äußern. Sie sind der Helfer
meines Mannes, ich bin seine Frau, diese doppelte
Pflicht bindet uns zusammen : lassen Sie uns also
aufrichtig sein gegeneinander. «

Er nahm ihre Hand : der Pakt war geschlossen.
Und von der ersten Sekunde an fühlte er sich dem
Haus verbunden : das Kostbare der Räume drückte
nicht mehr feindlich an ihn heran, ja im Gegenteil,
er empfand es sofort als notwendigen Rahmen der
Vornehmheit, die hier alles, was außen feindselig,
wirr und gegensätzlich herandrängte, zur Harmonie
abdämpfte. Allmählich erkannte er erst, ein wie erle-
sener Kunstsinn hier das Kostbare einer höheren
Ordnung untertan machte und wie unwillkürlich
jener gedämpfte Rhythmus des Daseins in sein
eigenes Leben, ja in sein Wort eindrang. In sonder-
barer Weise fühlte er sich beruhigt : alle spitzen,
vehementen und leidenschaftlichen Gefühle verloren
ihre Bösartigkeit, Gereiztheit, es war, als saugten die
tiefen Teppiche, die bespannten Wände, die farbigen
Stores Licht und Lärm der Gasse heimlich in sich
ein, und gleichzeitig fühlte er, daß diese schwebende
Ordnung nicht leer aus sich selbst geschah, sondern
der Gegenwart der schweigsamen und immer mit
gütigem Lächeln umhüllten Frau entstammten. Und

was er in den ersten Minuten magisch empfunden,
machten ihm die nächsten Wochen und Monate
wohltätig bewußt : mit einem diskreten Taktgefühl
zog diese Frau ihn mählich, ohne daß er Zwang geübt
fühlte, in den innern Lebenskreis des Hauses. Behü-
tet, aber nicht bewacht, spürte er eine einfühlende
Aufmerksamkeit mit sich gleichsam von ferne beschäftigt : seine kleinen Wünsche erfüllen sich, kaum
daß er sie angedeutet, in einer so diskret heinzelmän-
nischen Art, daß sie besonderen Dank unmöglich
machten. Hatte er, eine Mappe kostbarer Stiche
durchblätternd, eines Abends einen von ihnen, den
Faust von Rembrandt, maßlos bewundert, so fand er
zwei Tage später die Reproduktion schon gerahmt
über seinem Schreibtisch hängend. Hatte er eines
Buches Erwähnung getan als gerühmt von einem
Freunde, so fand er es zufällig in den nächsten Tagen
in der Reihe der Bibliothek. Unbewußt formte sich
das Zimmer seinen Wünschen und Gewohnheiten
zu : oft merkte er zunächst gar nicht, was sich in den
Einzelheiten verwandelt, nur wohnlicher geworden
spürte er es, farbiger und durchwärmter, bis er dann
etwa wahrnahm, daß die gestickte orientalische
Decke derart, wie er sie einmal in einem Schaufenster
bewundert, die Ottomane bedeckte oder die Lampe
in himbeerfarbener Seide leuchtend geworden war.
Immer mehr zog ihn die Atmosphäre an sich : ungern
verließ er mehr das Haus, in dem er bei einem elfjäh-
rigen Knaben einen leidenschaftlichen Freund fand,
und liebte es sehr, ihn und seine Mutter in Theater
oder Konzerte zu begleiten : ohne daß er es wußte,
stand sein ganzes Tun in den Stunden außerhalb sei-

ner Arbeit im milden Mondlicht ihrer ruhigen
Gegenwart.

Von der ersten Begegnung an hatte er diese Frau
geliebt, aber so leidenschaftlich unbedingt dieses
Gefühl ihn bis in seine Träume hinein überwogte,
so fehlte ihm dennoch das Entscheidende einer
durchschütternden Wirkung, nämlich die bewußte
Erkenntnis, daß das, was er ausflüchtend vor sich
selber noch mit dem Namen Bewunderung, Ehrfucht
und Anhänglichkeit überdeckte, durchaus schon
Liebe war, eine fanatische, fessellos, unbedingt leidenschaftliche Liebe. Aber irgendein Serviles in ihm
dämmerte diese Erkenntnis gewaltsam zurück : so
fern schien sie ihm, zu hoch, zu weit weg, diese klare,
von einem Sternenreif umstrahlte, von Reichtum
umpanzerte Frau, von all dem, was er bisher als weib-
lich erfahren. Als blasphemisch vor ihm selbst hätte
er es empfunden, sie gleich zu erkennen dem Ge-
schlechte und gleichem Gesetz des Blutes unterwor-
fen als die paar andern Frauen, die ihm seine
versklavte Jugend gestattet, jene Mägde am Gutshof,
die gerade einmal ihre Tür dem Hauslehrer aufgetan,
neugierig zu sehen, ob der Studierte es anders täte
als der Kutscher und der Knecht, oder die Nähmäd-
chen, die er im Halbschatten der Laternen beim
Heimgang getroffen. Nein, dies war anders. Sie
leuchtete von einer andern Sphäre der Unbegehrlich-
keit, rein und unantastbar, und selbst der leiden-
schaftlichste seiner Träume erkühnte sich nicht, sie
zu entkleiden. Knabenhaft verwirrt hing er dem Duft
ihrer Gegenwart an, jede Bewegung genießend wie
Musik, glücklich ihres Vertrauens und unablässig erschreckt, ihr etwas zu verraten vor dem übermäßigen

Gefühl, das ihn erregte : Gefühl, das noch namenlos war, aber längst schon geformt und durchglutet in seiner Verhüllung.

Aber Liebe wird erst wahrhaft sie selbst, sobald sie sich, sofern sie nicht mehr embryonisch dunkel im Innern des Leibes schmerzhaft wogt, sondern mit Atem und Lippe sich zu benennen, [sobald sie sich] zu bekennen wagt. So beharrlich ein solches Gefühl sich verpuppt, immer durchstößt eine Stunde plötzlich das verwirrte Gespinst und stürzt dann, von allen Höhen in die unterste Tiefe fallend, mit verdoppelter Wucht in das aufschreckende Herz. Dies geschah, spät genug, im zweiten Jahre seiner Hausgenossenschaft.

Der Geheimrat hatte eines Sonntags ihn in sein Zimmer gebeten : schon daß er ungewohnter Weise nach flüchtiger Begrüßung die Tapetentür hinter ihnen abschloß und durch das Haustelefon Auftrag gab, jede Störung abzuweisen, schon dies kündigte besondere Mitteilung bedeutsam an. Der alte Mann bot ihm eine Zigarre, entzündete sie umständlich, gleichsam um Zeit zu gewinnen für eine offenbar genau durchdachte Rede. Zunächst begann er mit ausführlichem Dank für seine Dienste. In jeder Hinsicht hätte er sein Vertrauen und innere Hingabe sogar übertroffen, niemals habe er bereuen müssen, auch die intimsten Geschäftlichkeiten dem so kurz Verbundenen anvertraut zu haben. Nun sei gestern in ihr Unternehmen von Übersee her wichtige Nachricht gelangt, die er ihm anzuvertrauen keinen Anstand nehme : das neue chemische Verfahren von dem er Kenntnis habe, erfordere große Quantitäten bestimmter Erze, und eben hätte nun ein Telegramm gemeldet, daß große Vorkommnisse dieser Metalle in

Mexiko festgestellt worden seien. Hauptsache sei nun Geschwindigkeit, sie rasch für das Unternehmen zu erwerben, an Ort und Stelle Förderung und Ausnützung zu organisieren, ehe amerikanische Konzerne sich der Gelegenheit bemächtigten. Dies erfordere einen verläßlichen, andererseits jungen und energischen Mann. Für ihn persönlich sei es nun ein schmerzlicher Schlag, den vertrauten und zuverlässigen Adlatus zu entbehren : dennoch habe er es für seine Pflicht gehalten in der Sitzung des Verwaltungsrates ihn als den tüchtigsten und einzig Geeigneten vorzuschlagen. Persönlich würde er entschädigt durch die Gewißheit, ihm eine glänzende Zukunft gewährleisten zu können. In zwei Jahren der Installierung könne er sich nicht nur, dank der reichlichen Dotierung ein kleines Vermögen sichern, sondern bei seiner Rückkehr sei ihm auch ein führender Posten in dem Unternehmen vorbehalten. » Überhaupt «, endigte der Geheimrat, glückwünschend die Hand breitend, » habe ich das Vorgefühl, als würden Sie noch einmal hier in meinem Stuhle sitzen und zu Ende führen, was ich alter Mann vor drei Jahrzehnten begonnen habe. «

Ein solcher Antrag, plötzlich aus heiterm Himmel ihm zufallend, wie sollte er nicht einen Ehrgeizigen verwirren ? Da war sie endlich, die Tür, wie von Explosion aufgerissen, die ihn aus dem Kellergewölbe der Armut, aus der lichtlosen Welt des Dienstes und Gehorchens, aus der immerwährenden gebückten Haltung des zur Bescheidenheit Gezwungenen und Denkenden herausführen sollte : gierig starrte er in die Papiere und Telegramme, wo aus hieroglyphischen Zeichen allmählich in großen und

ungewissen Konturen der gewaltige Plan sich formte.
Zahlen brausten auf ihn plötzlich nieder, Tausende,
Hunderttausende, Millionen, die zu verwalten, zu
verrechnen, zu gewinnen waren, feurige Atmosphäre
der gebietenden Macht, in die er betäubt und klop-
fenden Herzens plötzlich wie in einem Traumballon
aus der servilen dumpfen Sphäre seines Daseins
emporstieg. Und überdies nicht nur Geld allein, nicht
nur Geschäft, Unternehmen, Spiel und Verant-
wortung – nein, ein ungleich Lockenderes griff hier
versucherisch nach ihm. Hier war Gestaltung, Schöp-
fung, hohe Aufgabe, der zeugende Beruf, aus Gebir-
gen, wo seit Jahrtausenden in sinnlosem Schlaf das
Gestein unter der Haut der Erde dämmerte, [etwas
zu fördern, in sie] nun Stollen einzubohren, Städte
zu schaffen mit wachsenden Häusern, aufschießen-
den Straßen, wühlenden Maschinen und kreisenden
Kranen. Hinter dem kahlen Gestrüpp der Kalkula-
tionen begann es tropisch zu blühen von fantas-
tischen und doch plastischen Gebilden, Gehöfte,
Farmen, Fabriken, Magazine, ein neues Stück Men-
schenwelt, das er gebietend und ordnend mitten ins
Leere zu stellen hatte. Seeluft, gebeizt vom Rausch
der Ferne drang plötzlich ein in das kleine verpols-
terte Zimmer, Zahlen stuften sich zu fantastischer
Summe. Und in einem immer heißeren Taumel von
Begeisterung, der jeder Entschließung die zuckende
Form des Fluges gab, wurde alles in großen Zügen
beschlossen und auch das rein Praktische vereinbart.
Ein Scheck in für ihn unerwarteter Höhe, zu Reise-
anschaffungen bestimmt, knisterte plötzlich in seiner
Hand, und nach nochmaligem Gelöbnis wurde die
Abfahrt für den nächsten Dampfer der Südlinie in

zehn Tagen beschlossen. Noch ganz heiß vom Wir-
bel der Zahlen, umtaumelt vom Quirl der aufgewühl-
ten Möglichkeiten, war er danach aus der Tür des
Arbeitszimmers getreten, eine Sekunde irr um sich
starrend, ob dies ganze Gespräch nicht nur eine
Phantasmagorie überreizten Wunsches gewesen. Ein
Flügelschlag hatte ihn aus der Tiefe emporgetragen
in die funkelnde Sphäre der Erfüllung : das Blut
brauste noch von so stürmischer Auffahrt, für einen
Augenblick mußte er die Augen schließen. Er schloß
die Augen so, wie man Atem tief in sich zieht, einzig,
um ganz bei sich selbst zu sein, das innere Ich abge-
sonderter, mächtiger zu genießen. Eine Minute
dauerte dies : aber dann, wie er neuerdings, gleichsam erfrischt aufsah und der Blick den gewohnten
Vorraum übertastete, blieb er von ungefähr auf einem
Bild haften, das über der großen Truhe hing : ihr
Bild. Mit ruhig gebuchteten, sanft verschlossenen
Lippen sah es ihn an, lächelnd und tiefdeutig
zugleich, als hätte es jedes Wort seines Innern verstanden. Und da, in dieser Sekunde, überblitzte ihn
plötzlich der ganz vergessene Gedanke, daß jene Stellung an[zu]nehmen, doch auch bedeutet, dies Haus
zu verlassen. Mein Gott, sie verlassen : wie ein Messer
fuhr das durch das stolz geblähte Segel seiner Freude.
Und in dieser einen kontrollosen Sekunde des Überraschtseins stürzte das ganze künstlich getürmte
Gebälk von Verstellung über seinem Herzen ein, und
mit einem jähen Zucken im Herzmuskel spürte er,
wie schmerzlich, wie tödlich fast der Gedanke ihn
zerriß, sie zu entbehren. Sie, mein Gott, sie verlassen :
wie hatte er daran denken können, wie sich entschei-
den, gleichsam, als ob er sich selbst noch gehöre, als

ob er nicht mit allen Klammern und Wurzeln des
Gefühls hier verhaftet wäre an ihre Gegenwart!
Gewaltsam brach es aus, elementar, ein ganz deut-
licher zuckender physischer Schmerz, ein Schlag quer
durch den ganzen Leib vom Stirndach bis ins Fun-
damente des Herzens, ein Riß, der alles aufhellte wie
Blitz über nächtlichem Himmel : und nun in diesem
blendenden Licht war es vergebens, nicht zu erkennen, daß jeder Nerv und jede Fiber seines Innern in
Liebe zu ihr blühte, der Geliebten. Und kaum daß
er wortlos das magische Wort aussprach, stürzten
schon mit jener unerklärlichen Geschwindigkeit, die
nur das äußerste Erschrecken aufpeitscht, unzählige
kleine Assoziationen und Erinnerungen funkelnd
durch sein Bewußtsein, jedes grell sein Gefühl erhel-
lend, Einzelheiten, die er niemals bisher gewagt hätte
einzugestehen oder zu erläutern. Und jetzt erst wußte
er, wie restlos er ihr seit Monaten schon verfallen
war.

War es nicht diese Osterwoche noch gewesen, wo
sie für drei Tage zu ihren Verwandten gefahren, daß
er wie ein Verlorener von Zimmer zu Zimmer
getappt, unfähig ein Buch zu lesen, aufgewühlt, ohne
sich zu sagen, warum – und dann in der Nacht, da
sie kommen sollte, hatte er nicht bis ein Uhr nachts
gewartet, ihren Schritt zu hören ? Hatte ihn nicht
unzählige Male nervöse Ungeduld vorzeitig die Trep-
pen hinabgescheucht, ob der Wagen nicht schon
käme ? Er erinnerte sich des Schauers kalt über die
Hände bis in den Nacken hinauf, wenn zufällig im
Theater seine Hand die ihre gestreift : hundert solcher kleiner zuckender Erinnerungen, kaum wach
gefühlter Nichtigkeiten stürzten jetzt wie durch ge-

sprengte Schleusen brausend in sein Bewußtsein ein,
in sein Blut, und alle trafen wieder geradewegs hin
auf sein Herz. Unwillkürlich mußte er seine Hand
auf seine Brust pressen, so hart schlug es dort heraus,
und nun half nichts mehr, er durfte sich nicht länger
wehren, einzugestehen, was ein gleichzeitig scheuer
und ehrfürchtiger Instinkt mit allerhand vorsichtigen
Abblendungen so lange verdunkelt hatte : daß er
nicht mehr leben könnte ohne ihre Gegenwart. Zwei
Jahre, zwei Monate, zwei Wochen bloß ohne dies
milde Licht auf seinem Wege, ohne die guten Ge-
spräche in abendlicher Stunde dabei – nein, nein, es
war nicht zu ertragen. Und was ihn vor zehn Minuten
noch mit Stolz erfüllt hatte, die Mission nach Mexiko,
der Aufstieg in schöpferische Macht, in einer
Sekunde war dies eingeschrumpft, zerplatzt wie eine
funkelnde Seifenblase, es war nurmehr Ferne, Weg-
sein, Kerker, Verbanntsein, Exil, Vernichtung, ein
nicht zu überlebendes Abgespaltensein. Nein, es war
nicht möglich – schon zuckte die Hand zur Klinke
zurück, schon wollte er noch einmal hinein in das
Zimmer, dem Geheimrat zu melden, er verzichte, er
fühle sich nicht würdig für den Auftrag und bleibe
lieber im Haus. Aber da meldete sich warnend die
Angst : nicht jetzt ! Nicht vorzeitig ein Geheimnis
verraten, das ihm selbst sich erst zu entschleiern
begann. Und müde ließ er die fiebrige Hand von dem
kühlen Metall.

Noch einmal sah er auf das Bild : immer tiefer
schienen die Augen ihn anzublicken, nur das Lächeln
um den Mund, er fand es nicht mehr. Sah sie nicht
ernst, beinahe traurig vielmehr aus dem Bild, gleichsam als wollte sie sagen : » Du hast mich vergessen

wollen. « Er ertrug ihn nicht, diesen gemalten und doch lebendigen Blick, taumelte hin in sein Zimmer, hinsinkend auf das Bett mit einem sonderbaren, fast ohnmachtsähnlichen Gefühl von Grauen, das aber merkwürdig durchdrungen war von geheimnisvoller Süßigkeit. Gierig sann er sich alles zurück, was er in diesem Haus seit der ersten Stunde erlebt, und alles, auch die nichtigste Einzelheit, hatte nun andere Schwere und anderes Licht : alles war angestrahlt von jenem innern Licht des Erkennens, alles war leicht und schwebte empor in der erhitzten Luft der Leidenschaft. Er besann sich aller Güte, die er von ihr erfahren. Ringsum waren noch ihre Zeichen, er tastete die Dinge an mit den Blicken, die ihre Hand berührt, und jedes hatte etwas vom Glück ihrer Gegenwart : sie war da in diesen Dingen, er fühlte ihre freundschaftlichen Gedanken darin. Und diese Gewißheit ihrer ihm zugewandten Güte überwogte ihn leidenschaftlich : aber doch tief unten in dieser Strömung war in seinem Wesen noch etwas Widerstrebendes wie ein Stein, etwas nicht Gehobenes, etwas nicht Weggeräumtes, das weggeschafft werden mußte, damit ganz frei sein Gefühl entströmen könne. Ganz vorsichtig tastete er heran an dieses Dunkle in seinem Untersten des Gefühls, schon wußte er, was es bedeutet, und wagte es doch nicht anzufassen. Immer aber trieb ihn die Strömung zurück zu dieser einen Stelle, zu dieser einen Frage. Und die hieß : war – Liebe wagte er nicht zu sagen – aber doch Neigung ihrerseits in all diesen kleinen Aufmerksamkeiten, eine linde, wenn auch leidenschaftslose Zärtlichkeit in dem Umlauschen und Umhüllen seiner Gegenwart ? Dumpf ging diese

Frage durch ihn hin, schwere schwarze Wellen des
Blutes rauschten sie immer wieder auf, ohne sie doch
fortwälzen zu können. » Wenn ich doch nur klar
mich besinnen könnte ! « fühlte er, aber zu leidenschaftlich wogten die Gedanken ineinander mit wirren
Träumen und Wünschen und jener von der äußersten
Tiefe immer aufgewühlte Schmerz. So lag er fühllos,
ganz sich selbst entwandert auf dem Bett, verdumpft
von einer betäubenden Mischung der Gefühle, eine
Stunde vielleicht oder zwei, bis plötzlich ein zartes
Pochen an der Tür ihn aufschreckte, ein Pochen vorsichtiger dünner Knöchel, das er zu erkennen meinte.
Er sprang auf und stürzte zur Tür.

Sie stand vor ihm, lächelnd. » Aber Doktor, warum
kommen Sie nicht ? Es hat schon zweimal zu Tisch
geläutet. «

Übermütig beinahe war das gesagt, als hätte sie
eine kleine Freude, ihn bei einer Nachlässigkeit zu
ertappen. Aber kaum sie sein Antlitz sah, versträhnt
das feuchte Haar, die Augen wirr ausweichend und
scheu, wurde sie selber blaß.

» Um Gottes willen, was ist Ihnen zugestoßen ? «
stammelte sie, und dieser umkippende Ton des
Schreckens fuhr ihn an wie eine Lust. » Nein, nein «,
zwang er sich rasch zusammen, » ich war irgendwie
in Gedanken. Die ganze Sache ist allzu rasch über
mich gekommen. «

» Was denn ? Welche Sache ? So sprechen Sie
doch ! «

» Wissen Sie denn nicht ? Hat Sie der Geheimrat
nicht verständigt ? «

» Nichts, nichts ! « drängte sie ungeduldig, beinahe irrgemacht von seinem fahrigen, heißen, auswei-

chenden Blick. » Was ist geschehen ? Sagen Sie es
mir doch ! «

Da preßte er alle Muskeln zusammen, um sie klar
und ohne Erröten anzusehen. » Der Herr Geheimrat
war so gütig, mir eine große und verantwortliche Aufgabe zuzuteilen, und ich habe sie angenommen. Ich
reise in zehn Tagen nach Mexiko – für zwei Jahre. «

» Für zwei Jahre ! Um Gottes willen ! « Ganz von
innen fuhr schußhaft und heiß ihr Erschrecken
heraus, mehr Schrei als Wort. Und in unwillkürlicher
Abwehr spreizte sie die Hände zurück. Vergebens,
daß sie in der nächsten Sekunde sich bemühte, das
herausgeschleuderte Gefühl zu verleugnen, schon
hatte er (wie war es geschehen ?) ihre Hände, die von
Angst leidenschaftlich vorgerissenen, in den seinen,
ehe sie es wußten, schlugen ihre beiden bebenden
Körper in Flammen zusammen, und in einem unend-
lichen Kuß tranken sich unzählige Stunden und Tage
unbewußten Dürstens und Verlangens satt.

Nicht er hatte sie an sich gerissen und nicht sie ihn,
sie waren ineinandergefahren, wie von einem Sturm
zusammengerissen, miteinander, ineinander stürzend
in ein bodenloses Unbewußtes, in das hinabzusinken
eine süße und zugleich brennende Ohnmacht war
– ein zu lang aufgestautes Gefühl entlud sich, vom
Magnet des Zufalls gezündet, in einer einzigen
Sekunde. Und erst allmählich als die verklammerten
Lippen sich lösten, noch taumelnd vor Unwahrschein-
lichkeit, sah er in ihre Augen, in Augen mit fremdem
Licht hinter der zärtlichen Dunkelheit. Und da erst
überkam ihn strömend das Erkennen, daß diese Frau,
die geliebte, lange schon, wochenlang, monatelang,
jahrelang ihn geliebt haben mußte, zärtlich verschwie-

gen, glühend mütterlich, ehe solche Stunde ihr die
Seele durchschlug. Und gerade dieses, das Unglaubhafte wurde nun Trunkenheit: er, er geliebt und
geliebt von ihr, der Unnahbaren, – ein Himmel wuchs
da auf, lichtdurchbreitet und ohne Ende, strahlender
Mittag seines Lebens, aber gleichzeitig schon nieder-
stürzend in der nächsten Sekunde mit schneidenden
Splittern. Denn dies Erkennen war diesmal Abschied
zugleich.

Die zehn Tage bis zur Abreise verbrachten die beiden in einem fanatischen Zustand unablässiger rausch-
hafter Raserei. Die plötzliche Explosion ihres
einbekannten Gefühls hatte mit der ungeheuren
Wucht ihres Luftdruckes alle Dämme und Hemmun-
gen, alle Sitte und Vorsicht weggesprengt: wie Tiere,
heiß und gierig fielen sie einander an, wenn sie in
einem dunklen Gange, hinter einer Tür, in einer Ecke,
zwischen zwei gestohlenen Minuten einander be-
gegneten; Hand wollte Hand fühlen, Lippe die Lippe,
das unruhige Blut das geschwisterliche fühlen, alles
fieberte nach allem, jeder Nerv brannte, Fuß, Hand,
Kleid, irgendeinen lebendigen Teil des lechzenden
Leibes sinnlich zu fühlen. Dabei mußten sie gleichzeitig sich beherrschen im Hause, sie vor ihrem Mann,
ihrem Sohn, ihren Dienstleuten die immer wieder vor-
funkelnde Zärtlichkeit verstecken, er um den Kalku-
lationen, Konferenzen und Berechnungen, mit denen
er verantwortlich beschäftigt war, geistig gewachen zu
sein. Immer haschten sie nur Sekunden, zuckende,
diebische, gefährlich umlautete Sekunden, nur mit den
Händen, nur mit den Lippen, mit Blicken, mit gierig
errafftem Kuß konnten sie fliegend einander nahen,
und die dünstige, schwülende, schwälende Gegenwart

des andern selbst Berauschten berauschte sie. Aber
nie war es genug, beide fühlten sie es : nie genug.
Und so schrieben sie einander brennende Zettel,
wirre lodernde Briefe steckten sie einander wie
Schulknaben in die Hände, abends fand er sie kni-
sternd unter dem schlaflosen Kissen, sie wieder die
seinen in den Taschen ihres Mantels, und alle endeten
sie im verzweifelten Schreien der unseligen Frage : wie
es ertragen, ein Meer, eine Welt, unzählige Monate,
unzählige Wochen, zwei Jahre zwischen Blut und
Blut, zwischen Blick und Blick ? Sie dachten nichts
anderes, sie träumten nichts anderes und keiner von
ihnen wußte Antwort, nur die Hände, die Augen, die
Lippen, die unwissenden Knechte ihrer Leidenschaft
sprangen hin und wieder, lechzend nach Verbun-
densein, nach inniger Verpflichtung. Und dann wur-
den jene diebischen Augenblicke des Sich-Fassens,
zuckenden Umschlingens zwischen angelehnten Türen,
diese angstvollen Augenblicke so bacchantisch über-
fließend von gleichzeitiger Lust und Angst.

Aber nie war ihm, dem Lechzenden, ganzer Besitz
des geliebten Leibes vergönnt, den er hinter dem
unfühlsamen, hemmenden Kleid leidenschaftlich
gebäumt sich doch nackt und heiß entgegendrängend
fühlte – nie kam er ihm in dem überhellten, immer
wachen und menschendurchhorchten Haus wirklich
nahe. Nur am letzten Tag, als sie unter dem Vorwand,
ihm einpacken zu helfen, in Wahrheit, um letzten
Abschied zu nehmen, in sein schon abgeräumtes Zimmer kam und, gierig angerissen taumelnd unter der
Wucht seines Ansprungs gegen die Ottomane stürzte
und fiel, als seine Küsse schon unter dem aufgezerr-
ten Kleid ihre gebäumte Brust überglühten und gierig

die weiße heiße Haut entlang bis dort, wo ihr Herz ihm keuchend entgegenschlug, da, als sie in diesem nachgebenden Minuten beinahe schon sein war mit ihrem hingegebenen Leibe, da – da stammelte sie aus ihrem Ergriffensein ein letztes flehendes » Nicht jetzt ! Nicht hier ! Ich bitte dich darum. «

Und so gehorsam, so unterjocht war selbst sein Blut noch der Ehrfurcht vor der so lange heilig Geliebten, daß er noch einmal seine schon strömenden Sinne zurückriß und zurückriß von ihr, die taumelnd aufstand und das Gesicht vor ihm verbarg. Er selbst blieb zuckend und mit sich selbst im Kampfe, gleichfalls abgewendet und so sichtlich der Trauer seiner Enttäuschung untertan, daß sie fühlte, wie sehr seine unbegnadete Zärtlichkeit an ihr litt. Da trat sie, ganz wieder Herrin ihres Gefühls, ihm nah und tröstete ihn leise : » Ich durfte es nicht hier, nicht hier in meinem, in seinem Haus. Aber wenn du wiederkommst, wann immer du willst. «

Der Zug hielt ratternd an, aufkreischend unter dem Zangengriff der angezogenen Bremse. Wie ein Hund unter der Peitsche erwachend, tauchte sein Blick aus dem Träumerischen auf, aber – beglückte Erkenntnis ! – siehe, da saß sie ja, die Geliebte, die lang Entfernte, da saß sie ja, still und atemnah. Die Krempe des Hutes verschattete ein wenig das zurückgelehnte Gesicht. Aber als hätte sie unbewußt verstanden, daß sein Wunsch sich nach ihrem Antlitz sehne, richtete sie sich jetzt auf, und ein lindes Lächeln kam ihm entgegen. » Darmstadt «, sagte sie hinausblickend, » noch eine Station. « Er antwortete nicht. Er saß und sah sie nur an. Ohnmächtige Zeit, dachte er innen, Ohnmacht der Zeit wider unser Gefühl : neun Jahre seitdem und nicht ein Ton ihrer Stimme ist anders geworden, nicht ein Nerv meines Leibes hört anders ihr zu. Nichts ist verloren, nichts ist vergangen, zärtliche Beglückung wie damals ihre Gegenwart.

Leidenschaftlich sah er auf ihren still lächelnden Mund, den einmal geküßt zu haben, er sich kaum entsinnen konnte, und sah hin auf ihre Hände, die ausgeruht und locker auf dem Schoße glänzten : unendlich gern hätte er sich niedergebeugt und sie mit den Lippen berührt oder die stillgefalteten in seine genommen, eine Sekunde nur, eine Sekunde ! Aber schon begannen die gesprächigen Herren im Coupé ihn neugierig zu mustern und um sein Geheimnis zu hüten, lehnte er sich wieder wortlos zurück. Wieder blieben sie einander ohne Zeichen und Wort gegen-über, und nur ihre Blicke küßten einander.

Draußen schrillte ein Pfiff, der Zug hub wieder an zu rollen, und seine schwingende Monotonie schau-kelte, stählerne Wiege, ihn wieder in die Erinnerung zurück. Oh, dunkle und unendliche Jahre zwischen damals und heute, graues Meer zwischen Ufer und Ufer, zwischen Herz und Herz ! Wie war es nur gewe-sen ? Irgendeine Erinnerung war da, an die wollte er nicht rühren, nicht sich besinnen an jene Stunde des letzten Abschieds, die Stunde am Perron der gleichen Stadt, wo er heute aufgeweiteten Herzens ihrer gewar-tet. Nein, weg damit, vorbei daran, nicht mehr daran denken, es war zu fürchterlich. Weiter zurück, weiter zurück flatterten die Gedanken : andere Landschaft, andere Zeit tat sich träumerisch auf, vom rasch rat-ternden Takt der Räder hergerissen. Er war damals

zerrissener Seele nach Mexiko gegangen, und die ersten Monate, die ersten entsetzlichen Wochen, ehe er
von ihr eine Nachricht empfangen hatte, vermochte er
nicht anders zu ertragen, [als] daß er sich das Gehirn
vollstopfte mit Zahlen und Entwürfen, den Körper
todmüdete mit Ritten ins Land und Expeditionen, von
endlosen und doch entschlossen zu Ende geführten
Unterhandlungen und Untersuchungen. Von Früh bis
Nacht schloß er sich ein in dieses zahlenhämmernde,
redende, schreibende pausenlos werkende Maschi-
nenhaus des Betriebs, nur um zu hören, wie die innere
Stimme einen Namen, ihren Namen verzweifelt
aufrief. Er übertäubte sich mit Arbeit wie mit Alkohol
oder Gift, nur um die Gefühle, die übermächtigen,
dumpf zu machen. Jeden Abend aber, so müde er auch
war, setzte er sich hin, um Blatt auf Blatt, Stunde um
Stunde alles zu verzeichnen, was er tagsüber getan,
und mit jeder Post sandte er ganze Stöße solche zitternd beschriebener Blätter an eine vereinbarte Deck-
adresse, damit die ferne Geliebte genau so wie im
Haus an seinem Leben stündlich teilnehmen könne
und er den milden Blick über tausend Meermeilen,
Hügel und Horizonte ahnungshaft auf seinem Tage-
werk ruhen fühlte. Dank dafür boten die Briefe, die
er von ihr erhielt. Aufrechter Schrift und ruhigen
Wortes, Leidenschaft verratend, aber doch in gebän-
digter Form : sie erzählten ernst, ohne zu klagen, von
der Tage Gang, und ihm war, als fühlte er blau das
sichere Auge auf sich gerichtet, nur das Lächeln fehlte
darin, das leicht begütigende Lächeln, das allem Ernst
seine Schwere nahm. Diese Briefe waren Trank und
Speise des Einsamen geworden. Leidenschaftlich
nahm er sie mit sich auf Reisen durch Steppen und

Gebirge, in den Sattel hatte er eigene Taschen nähen lassen, daß sie geschützt waren gegen die plötzlichen Wolkenbrüche und die Nässe der Flüsse, die sie auf Expeditionen durchqueren mußten. So oft hatte er sie gelesen, daß er sie auswendig wußte, Wort um Wort, so oft entfaltet, daß die Bugstellen darin durchsichtig geworden waren und einzelne Worte verwischt von Küssen und Tränen. Manchmal, wenn er allein war und niemand um sich wußte, nahm er sie vor, um sie Wort für Wort in ihrem Stimmfall zu sprechen und so die Gegenwart der Entfernten magisch zu beschwören. Manchmal stand er plötzlich auf in der Nacht, wenn ihm ein Wort, ein Satz, eine Schlußformel entfallen war, entzündete Licht, um sie wiederzufinden und in ihren Schriftzügen sich das Bildnis der Hand zu erträumen, und von der Hand empor, Arm, Schulter, Haupt, die ganze über Meer und Land hergetragene Gestalt. Und wie ein Holzfäller im Urwald, so hieb er mit Berserkerwut und Kraft hinein in die vor ihm wilde und undurchdringlich noch drohende Zeit, ungeduldig schon, sie licht zu sehen, den Ausblick der Rückkehr, die Stunde der Reise, den Ausblick, den tausendmal vorgetäuschten, des wieder ersten Umfangens. In dem rasch gezimmerten, blechgedeckten Holzhaus der neugeschaffenen Arbeiterkolonie hatte er sich über dem roh gezimmerten Bett einen Kalender aufgehängt, darin strich er jeden Abend, oft schon ungeduldig am Mittag den abgewerkten Tag ab und zählte und überzählte die immer kürzere schwarz-rote Reihe der noch zu ertragenden: 420, 419, 418 Tage bis zur Wiederkehr. Denn er zählte nicht wie die andern Menschen seit Christi Geburt von einem Anfang an, sondern immer nur auf eine

bestimmte Stunde zu, die Stunde der Heimkehr. Und
immer wenn diese Zeitspanne zu einer runden Zahl
sich formte, zu 400, zu 350 oder 300, oder wenn ihr
Geburtstag, ihr Namenstag, oder jene heimlichen Fest-
tage, etwa da er sie zum erstenmal gesehen, oder jener,
da sie ihm zum erstenmal ihr Gefühl verraten, – immer
gab er dann den unwissend staunenden und fragenden
Leuten um sich eine Art Fest. Er beschenkte die
schmierigen Kinder der Mestizen mit Geld und die
Arbeiter mit Branntwein, daß sie johlten und sprangen
wie braune wilde Füllen, er zog sein Sonntagskleid an,
ließ Wein holen und die besten Konserven. Eine
Fahne flatterte dann, Flamme der Freude, von eigens
aufgestockter Stange, und kamen Nachbarn und Helfer neugierig, welchen Heiligen oder kuriosen Anlaß
er feiere, so lächelte er nur und sagte : » Was geht's
euch an ? Freut euch mit mir ! «

So ging es Woche und Monat, so werkte sich ein
Jahr zu Tode und weiter ein halbes Jahr, schon waren
es nur mehr sieben kleine winzige armselige Wochen
bis zur bestimmten Rückkehr. Längst hatte er sich in
maßloser Ungeduld die Bootsfahrt ausgerechnet und
zum Staunen der Booker seinen Kabinenplatz auf der
›Arcansas‹ hundert Tage früher schon belegt und
ausbezahlt : da kam jener katastrophische Tag, der
mitleidslos nicht nur seinen Kalender durchriß, sondern Millionen Schicksale und Gedanken gleichgiltig
zerfetzte. Katastrophischer Tag : frühmorgens war
der Geometer mit zwei Vorarbeitern und hinten ein
Trupp eingeborener Diener mit Pferden und Maul-
eseln aus der schwefelgelben Ebene hinauf in das
Gebirge geritten, um eine neue Bohrungsstelle zu
untersuchen, wo man Magnesit vermutete : zwei Tage

hämmerten, gruben, pochten und forschten die Mestizen unter den senkrechten Stichen einer unerbittlichen Sonne, die rechtwinkelig ab vom nackten Gestein noch ein zweitesmal gegen sie sprang : aber wie ein Besessener trieb er die Arbeiter an, gönnte seiner durstigen Zunge nicht die hundert Schritte zur rasch gegrabenen Wassergrube – er wollte zurück sein zur Post, ihren Brief sehen, ihre Worte. Und als am dritten Tage die Tiefe noch nicht erreicht war, die Probe noch nicht endgiltig, überfiel ihn die unsinnige Leidenschaft nach ihrer Botschaft, der Durst nach ihren Worten dermaßen wahnwitzig, daß er beschloß, allein die ganze Nacht zurückzureiten, nur um jenen Brief zu holen, der gestern mit der Post gekommen sein mußte. Gleichmütig ließ er die andern in dem Zelt zurück und ritt, nur von einem Diener begleitet, auf gefährlich dunklem Saumpfad die ganze Nacht bis zur Eisenbahnstation. Aber als sie am Morgen auf dampfenden Pferden, durchfroren von der eisigen Felsengebirgskälte endlich in den kleinen Ort einritten, überraschte sie ungewohnter Anblick. Die paar weißen Ansiedler hatten ihre Arbeit gelassen und umstanden inmitten eines schreienden, fragenden, dumm glotzenden Wirbels von Mestizen und Eingeborenen die Station. Es kostete Mühe, den aufgeregten Knäuel zu durchstoßen. Dort erfuhren sie dann am Amt unvermutete Nachricht. Von der Küste waren Telegramme gekommen, Europa stände im Krieg, Deutschland gegen Frankreich, Österreich gegen Rußland. Er wollte es nicht glauben, stieß dem stolpernden Gaul die Sporen so grimmig in die Weichen, daß das erschrockene Tier wiehernd aufbockte, und jagte hin zum Regierungsgebäude, um dort noch

niederschmetterndere Botschaft zu hören : es war
richtig und noch ärger, England hatte gleichfalls den
Krieg erklärt, das Weltmeer für Deutsche verschlos-
sen. Der Eiserne Vorhang zwischen dem einen Kon-
tinent und dem andern war für unberechenbare Zeit
schneidend niedergefallen.

Vergebens, daß er in erster Wut mit geballter Faust
auf den Tisch schlug, als wollte er damit das Unsichtbare treffen : so wüteten ja Millionen machtloser
Menschen jetzt gegen die Kerkerwand des Schicksals.
Sofort erwog er alle Möglichkeiten, sich hinüberzu-
schmuggeln auf listige, auf gewaltsame Weise, dem
Schicksal Schach zu bieten, aber der englische, zufällig
anwesende Konsul, ihm befreundet, deutete ihm mit
vorsichtiger Warnung an, er sei gezwungen, von nun
an jeden seiner Schritte zu bewachen. So tröstete ihn
einzig die Hoffnung, die bald betrogene von Millionen
anderer Menschen, ein solcher Wahnwitz könne nicht
lange dauern, in einigen Wochen, einigen Monaten
müsse dieser Tölpelstreich entfesselter Diplomaten
und Generäle zu Ende sein. Und diesem dünnen Fusel
Hoffnung gab bald ein anderes Element, ein noch blü-
henderes, stärker betäubendes Kraft : die Arbeit.
Durch Kabeldepeschen über Schweden erhielt er von
seiner Firma den Auftrag, um einer möglichen Seques-
tration vorzubeugen, das Unternehmen selbständig zu
machen und als mexikanische Compagnie mit einigen
Strohmännern zu führen. Das erforderte äußerste
Energie der Bewältigung, bedurfte doch auch der
Krieg, dieser herrische Unternehmer, Erz aus den
Gruben, der Abbau mußte beschleunigt, der Betrieb
intensiviert werden. Das spannte alle Kräfte, über-
dröhnte jeden eigenmächtigen Gedanken. Er arbeitete

zwölf, vierzehn Stunden des Tages mit fanatischer Verbissenheit, um dann abends erschlagen von diesem Katapult von Zahlen traumlos ermüdet und unbewußt ins Bett zu sinken.

Aber doch : indes er noch unverwandt zu fühlen meinte, lockerte sich von innen her allmählich die leidenschaftliche Umspannung. Es liegt nicht im Wesen der menschlichen Natur, einzig von Erinnerungen zu leben, und so wie die Pflanzen und jegliches Gebilde Nährkraft des Bodens und immer neu gefiltertes Licht des Himmels brauchen, damit ihre Farben nicht verblassen und die Kelche [nicht] welk zerblättern, so bedürfen selbst Träume, auch sie, die scheinbar unirdischen, einer gewissen Nahrung vom Sinnlichen her, einer zarten und bildhaften Nachhilfe, sonst gerinnt ihr Blut und ihre Leuchtkraft verblaßt. So geschah es auch diesem Leidenschaftlichen, ehe er es selbst bemerkte – als Wochen, Monate und schließlich ein Jahr und dann ein zweites keine einzige Botschaft, kein geschriebenes Wort, kein Zeichen von ihr mehr herüberkam, da begann allmählich ihr Bild zu verdämmern. Jeder in Arbeit verbrannte Tag legte ein paar Stäubchen Asche über die Erinnerung ; noch glühte sie durch wie rote Glut unter dem Rost, doch schließlich war der graue Belag dichter und dichter. Noch nahm er manchmal die Briefe hervor, aber die Tinte war blaß geworden, die Worte schlugen nicht mehr hinein in sein Herz, und einmal erschrak er im Anblick ihrer Fotografie, weil er sich nicht entsinnen konnte der Farbe ihrer Augen. Und immer seltener zog er die einst so kostbaren Zeugnisse, die magisch belebenden, heran, ohne es zu wissen, schon müde ihres ewigen Stilleseins, des sinnlosen Sprechens mit

einem Schatten, der keine Antwort gab. Außerdem
hatte die rasch entstandene Unternehmung Menschen
und Gefährten hergebracht, er suchte Gesellschaft,
suchte Freunde, suchte Frauen. Und als ihn eine Ge-
schäftsreise im dritten Jahr des Krieges in das Haus
eines deutschen Großkaufmannes führte, nach Vera
Cruz, und er dort seine Tochter kennenlernte, still,
blond und von häuslicher Art, da überwältigte ihn die
Angst von diesem unablässigen Alleinsein inmitten
einer vom Haß, Krieg und Tollheit hinabstürzenden
Welt. Er entschloß sich rasch und heiratete das Mäd-
chen. Dann kam ein Kind, ein zweites folgte, lebende
blühende Blumen über dem vergessenen Grab seiner
Liebe : nun war der Kreis rund geschlossen, außen
lärmende Tätigkeit, innen häusliches Ruhen, und von
dem früheren Menschen, der er gewesen, wußte er
nach vier oder fünf Jahren nichts mehr.

Nur einmal kam ein Tag, [ein] brausender, glocken,
stürmender Tag, da die Telegrafendrähte zuckten und
in allen Gassen der Stadt zugleich schreiende Stimmen
faustgroße Lettern die endliche Botschaft des Frie-
densschlusses aufriefen, da die Engländer und Ameri-
kaner des Ortes mit rücksichtslosem Hurra-Rufen in
allen Fenstern die Vernichtung seiner Heimat schmet-
terten, – an diesem Tag stand, aufgerissen von all den
Erinnerungen an das gerade im Unglück wieder
geliebte Land, auch jene Gestalt wieder in ihm auf,
zwingend trat sie in sein Gefühl. Wie mochte es ihr
ergangen sein während all dieser Jahre des Elends und
der Entbehrungen, das hier die Zeitungen mit behag-
licher Breite und journalistischer frecher Betriebsam-
keit breit und spaßend auswälzten ? War ihr Haus,
sein Haus, verschont geblieben von den Revolten und

Plünderungen, ihr Mann, ihr Sohn, lebten sie noch ?
Mitten in der Nacht stand er auf von der Seite seiner
atmenden Frau, zündete Licht an und schrieb fünf
Stunden lang bis zum Morgengrauen einen nicht
enden wollenden Brief, in dem er ihr, monologisch
zu sich selber sprechend, sein ganzes Leben in diesem
Jahrfünft erzählte. Nach zwei Monaten, schon hatte
er des eigenen Briefes vergessen, kam die Antwort :
unschlüssig wog er das umfangreiche Couvert in den
Händen, aufrührerisch schon durch die innig ver-
traute Schrift : er wagte nicht gleich das Siegel zu
brechen, als hielte, Pandorens Gefäß gleich, dieses
Verschlossene ein Verbotenes in sich. Zwei Tage lang
trug er ihn uneröffnet in der Brusttasche : manchmal
spürte er wie sein Herz dawiderschlug. Aber der
Brief, endlich eröffnet, war einerseits ohne andrän-
gende Vertraulichkeit und doch jeder kalten Förm-
lichkeit bar : unverstellt atmete er in ruhigen
Schriftzügen jene zarte Neigung aus, die ihn von je
an ihr so sehr beglückte. Ihr Mann war gestorben,
gleich zu Anfang des Krieges, fast wage sie dies nicht
zu beklagen, denn so sei ihm erspart geblieben, die
Gefährdung seines Unternehmens, die Besetzung
ihrer Stadt und das Elend seines allzu vorzeitig sie-
gestrunkenen Volkes zu sehen. Sie selbst und ihr
Sohn seien gesund, und wie freue es sie, von ihm
Günstiges zu erfahren, Besseres als sie selbst zu
berichten habe. Zur Verheiratung beglückwünschte
sie ihn klar und in ehrlichen Worten : unwillkürlich
horchte er sie mißtrauischen Herzens an, aber kein
versteckter, verschlagener Nebenton dämpfte ihren
klaren Anschlag. Alles war rein gesagt, ohne jede
ostentative Übertriebenheit oder sentimentalische

Rührung, alles Vergangene schien rein gelöst in fort-
wirkende Teilnahme, die Leidenschaft lichthaft
geklärt zu kristallener Freundschaft. Nie hatte er es
anders von ihrer Herzensvornehmheit erwartet, aber
doch, diese klare sichere Art fühlend (er meinte mit
einmal wieder in ihre Augen zu blicken), ernst und
doch lächelnd in einem Wiederglanz der Güte, da
überkam ihn eine Art dankbarer Rührung : sofort
setzte er sich hin, schrieb ihr lange und ausführlich,
und die langentbehrte Gewohnheit des gegenseitigen
Lebensberichts war wieder einverständlich aufge-
nommen – hier hatte der Wettersturz einer Welt
nichts zu zerstören vermocht.

Mit tiefer Dankbarkeit empfand er nun die klare
Form seines Lebens. Der Aufstieg war gelungen, das
Unternehmen prosperierte, im Haus wuchsen Kinder
aus zarter Blumenhaftigkeit allmählich zu sprechenden, freundlich blickenden Spielwesen empor, die ihm
den Abend erheiterten. Und vom Vergangenen her,
von jenem Feuerbrand seiner Jugend, in dem seine
Nächte, seine Tage qualvoll sich verzehrten, kam nurmehr ein Leuchten her, ein stilles gutes Freundschafts-
licht, ohne Forderung und Gefahr. So war es ein nur
selbstverständlicher Gedanke als er zwei Jahre später,
von einer amerikanischen Compagnie beauftragt, in
Berlin wegen chemischer Patente zu verhandeln, in
Deutschland mit der nun zur Freundin gewordenen
Geliebten von einst einen Gruß naher Gegenwart zu
tauschen. Kaum in Berlin eingelangt, war es sein erstes,
im Hotel telefonisch Frankfurt zu verlangen : symbo-
lisch war es ihm, daß die Nummer sich nicht verändert
hatte in diesen neun Jahren. Gute Vorbedeutung,
dachte er, nichts hat sich verändert. Da klirrte schon

auf dem Tisch frech die Klingel des Apparates, und
plötzlich zitterte er im Vorgefühl, nun nach Jahren
und Jahren wieder ihre Stimme zu vernehmen, her-
geschleudert über Felder, Äcker, Häuser und Kamine,
aufgerufen von seinem Klang, nah über diese Meilen
von Jahren und Wasser und Erde. Und kaum daß er
seinen Namen genannt und plötzlich mit einem auf-
schreckenden Schrei staunender Überraschung ihr
» Ludwig, bist du es ? « ihm entgegendrang, in die
horchenden Sinne zuerst und dann gleich hinabpo-
chend in die plötzlich gestaute Herzkammer des
Blutes, da hielt ihn plötzlich etwas in Feuer : er hatte
Mühe weiterzusprechen, das leichte Hörrohr taumelte
in seiner Hand. Dieser helle aufschreckende Ton ihres
Überraschtseins, dieser klingende Stoß der Freude,
mußte irgendeinen verborgenen Nerv seines Lebens
getroffen haben, denn er fühlte das Blut an die Schlä-
fen surren, mit Mühe verstand er ihre Worte. Und
ohne daß er es selbst wußte und wollte, gleichsam als
hätte es ihm jemand zugeflüstert, versprach er, was er
gar nicht sagen gewollt, er würde übermorgen nach
Frankfurt kommen. Und damit war seine Ruhe dahin ;
fiebrig erledigte er die Geschäfte, jagte in Automobi-
len herum, um die Verhandlungen mit doppelter
Geschwindigkeit zu perfektionieren. Und als er am
nächsten Morgen aufwachend dem Traum dieser
Nacht nachspürte, wußte er : seit Jahren, seit vier
Jahren wieder zum erstenmal hatte er von ihr geträumt.

Zwei Tage später, als er, angekündigt durch ein
Telegramm nach durchfrorener Nacht morgens sich
ihrem Hause näherte, da merkte er plötzlich, auf seine
eigenen Füße schauend : das ist nicht mein Schritt,
nicht mein Schritt von drüben, mein fester, gerade

fortsteuernder, sicherer Schritt. Warum gehe ich
wieder so wie der schüchterne, ängstliche Dreiund-
zwanzigjährige von damals, der beschämt seinen
abgeschabten Rock noch einmal zitternden Fingers
abstaubt und sich die neuen Handschuhe über der
Hände zieht, ehe er an die Klingel rührt ? Warum
schlägt mir mit einmal das Herz, warum bin ich befan-
gen ? Damals da spürte geheime Ahnung das Schicksal
hinter dieser kupfernen Türe hocken, mich anzufassen,
zärtlich oder böse. Aber heute, warum ducke ich mich,
warum löst diese aufschwellende Unruhe wieder alles
Feste und Sichere in mir ? Vergebens bemühte er sich
seiner zu besinnen, rief seine Frau, die Kinder, sein
Haus, sein Unternehmen, das fremde Land in seinen
Sinn. Aber wie weggetragen von gespenstigem Nebel
dämmerte dies alles : er spürte sich allein und noch
immer wie ein Bittender, wie der ungelenke Knabe vor
ihrer Nähe. Und die Hand ward zitternd und heiß, die
er nun auf die metallene Klinke legte.

Aber kaum eingetreten, verschwand schon die
Fremdheit, denn der alte Diener, abgemagert und in
sich eingetrocknet, hatte fast Tränen in den Augen.
» Der Herr Doktor «, stammelte er über ein Schluch-
zen hinweg. Odysseus, mußte der mit ihm Erschüt-
terte denken, die Hunde im Hause erkennen dich :
wird dich die Herrin erkennen ? Aber da schob sich
schon die Portiere beiseite, gebreiteter Hände kam
sie ihm entgegen. Einen Augenblick, indes die
Hände ineinander blieben, sahen sie sich an. Kurz
und doch magisch erfüllte Pause des Vergleichens,
Betrachtens, Abtastens, feurigen Nachdenkens, be-
schämter Beglückung und das Beglücktsein schon
wieder verbergender Blicke. Dann erst löste sich die

Frage in ein Lächeln, der Blick in vertraulichen Gruß.
Ja, sie war es noch, ein wenig gealtert allerdings,
links bog sich silberne Strähne durch das immer
noch gleich gescheitelte Haar, noch stiller um einen
Ton, noch ernster machte dieser Silberschein ihr
mildes trauliches Gesicht und den Durst unendlicher
Jahre fühlte er nun, wie er diese Stimme trank, die
sanfte durch weichen Dialekt so sehr trauliche,
die ihn nun grüßte : » Wie lieb von dir, daß du gekommen bist. «

Wie das klang, rein und frei, als sei eine Stimm-
gabel tönend angeschlagen : nun hatte das Gespräch
seinen Ton und Halt, Fragen und Erzählen ging wie
rechte und linke Hand über die Tasten, klingend und
klar ineinander. All die gestaute Schwüle und Befangenheit war gelöst vom ersten Wort ihrer Gegenwart.
Solange sie sprach, gehorchte ihr jeder Gedanke.
Aber kaum daß sie einmal, ergriffen nachdenkend,
schwieg, die sinnend gesenkten Lider die Augen
unsichtbar machten, huschte wie ein Schatten plötzlich leichtfüßig die Frage durch ihn hin : » Sind das
nicht die Lippen, die ich geküßt ? « Und als sie dann
für einen Augenblick ans Telefon gerufen, ihn im
Zimmer allein ließ, drängte ungebärdig von überall
Vergangenes auf ihn zu. Solange ihre klare Gegenwart herrschte, duckte sich diese unsichere Stimme,
jetzt aber hatte jeder Sessel, jedes Bild eine leise
Lippe, und alle sprachen sie auf ihn ein, unhörbares
Geflüster, ihm allein verständlich und offenbar. In
diesem Haus habe ich gelebt, mußte er denken, etwas
von mir ist zurückgeblieben, etwas noch da von jenen
Jahren, ich bin noch nicht ganz drüben, nicht ganz
noch in meiner Welt. Sie trat wieder zurück in das

Zimmer, heiter selbstverständlich, und wieder duckten sich die Dinge. » Du bleibst doch zu Mittag, Ludwig «, sagte sie mit heiterer Selbstverständlichkeit. Und er blieb, blieb den ganzen Tag an ihrer Seite, und sie blickten zusammen im Gespräch in die vergangenen Jahre zurück, und ihm schienen sie erst wirklich wahr, seit er sie hier erzählte. Und als er endlich Abschied nahm, ihre mütterlich milde Hand geküßt und die Tür hinter sich geschlossen hatte, war ihm, als sei er niemals weg gewesen.

Nachts aber, allein im fremden Hotelzimmer, nur das Ticken der Uhr neben ihm und mitten in der Brust ein noch heftiger schlagendes Herz, wich dieses beruhigte Gefühl. Er konnte nicht schlafen, stand auf und zündete Licht, löschte wieder ab, um schlaflos weiterzuliegen. Immer mußte er an ihre Lippen denken und daß er sie anders gekannt als in dieser sanft redenden Vertraulichkeit. Und mit einmal wußte er, daß alle diese plaudernde Gelassenheit zwischen ihnen doch Lüge war, daß irgend noch ein Unerlöstes und Ungelöstes in ihrer Beziehung war und daß alle Freundschaft nur künstlich aufgetane Maske war über einem nervösen, fahrigen, von Unruhe und Leidenschaft verwirrten Gesicht. Zu lange, in zuviel Nächten, im Lagerfeuer drüben in seiner Hütte, zuviele Jahre, zuviele Tage hatte er dieses Wiedersehen anders gedacht – ineinanderstürzend, brennende Umfassung, letzte Hingabe, stürzendes Kleid – als daß dieses Freundlichsein, dieses höfliche Plaudern und sich Erkunden ganz wahrhaft sein könnte. Schauspieler, sagte er sich und Schauspielerin, einer dem andern gegenüber, aber keiner betrügt doch den andern. Gewiß schläft sie ebensowenig wie ich diese Nacht.

Als er dann am nächsten Morgen zu ihr kam, mußte ihr das Unbeherrschte, Fahrige seines Wesens, der ausweichende Blick sofort aufgefallen sein, denn ihr erstes Wort war schon wirr, doch später fand sie nicht mehr das unbeschwerte Gleichgewicht des Gesprächs. Es zuckte hoch, fiel ab, es gab Pausen und Spannungen, die mit gewaltsamem Druck weggestoßen werden mußten. Irgend etwas stand zwischen ihnen, an dem sich die Fragen und Antworten unsichtbar zerstießen wie Fledermäuse gegen die Wand. Und beide spürten sie es, daß sie über etwas [aneinander] vorbei oder über etwas hinweg sprachen, und schließlich, schon taumelig von diesem vorsichtigen Im-Kreise-Herumgehen der Worte, ermüdete das Gespräch. Er erkannte es rechtzeitig und schützte, als sie ihn wiederum zum Mittagessen einlud, eine dringende Besprechung in der Stadt vor.

Sie bedauerte das sehr und wirklich, jetzt wagte die scheue Wärme der Herzlichkeit sich wieder aus ihrer Stimme. Aber doch, sie wagte nicht ernstlich, ihn zu halten. Indes sie ihn hinausbegleitete, sahen sie nervös aneinander vorbei. Irgend etwas knisterte in den Nerven, immer wieder stolperte das Gespräch über das Unsichtbare, das mit ihnen von Zimmer zu Zimmer, von Wort zu Wort ging und nun ihnen schon, gewaltsam wachsend, den Atem drückte. So war es Erleichterung, als er, den Mantel schon umgeworfen, bei der Türe stand. Aber mit einmal wandte er sich entschlossen wieder zurück. » Ich wollte dich eigentlich noch etwas bitten, ehe ich fort gehe. « » Du mich bitten, gern ! « lächelte sie, schon wieder angestrahlt von der Freude, ihm einen Wunsch erfüllen zu können.

» Es ist vielleicht töricht «, sagte er zögernden Blicks, » aber gewiß, du wirst es begreifen, ich hätte gern noch einmal das Zimmer gesehen, mein Zimmer, wo ich zwei Jahre gewohnt. Ich bin immer unten in den Empfangsräumen, den Zimmern für die Fremden gewesen, und siehst du, wenn ich jetzt heimginge, hätte ich gar nicht das Gefühl, zu Hause gewesen zu sein. Wenn man älter wird, sucht man seine eigene Jugend und hat seine dumme Freude an kleinen Erinnerungen. «

» Du und älter werden, Ludwig «, entgegnete sie fast übermütig, » daß du so eitel bist ! Sieh lieber mich an, da dieser graue Streif hier im Haar. Wie ein Knabe bist du doch gegen mich und will schon vom Altern reden : lasse mir doch das kleine Vorrecht ! Aber wie vergeßlich von mir, daß ich dich nicht gleich in dein Zimmer führte, denn dein Zimmer ist es ja noch immer. Nichts wirst du verändert finden : in diesem Hause ändert sich nichts. «

» Ich hoffe, du auch nicht «, versuchte er zu scherzen, aber da sie ihn ansah, wurde sein Blick unwillkürlich zärtlich und warm. Sie errötete leicht. » Man altert, aber man bleibt derselbe. «

Sie gingen hinauf in sein Zimmer. Schon beim Eintreten ereignete sich eine leichte Peinlichkeit : sie war öffnend zurückgewichen, um ihm den Vortritt zu lassen, und durch die gleichzeitige Bewegung beiderseitiger Höflichkeit stießen flüchtig ihre Schultern im Türrahmen zusammen. Beide schreckten unwillkürlich zurück, aber schon dieses flüchtigste Anstreifen von Leib an Leib genügte, sie verlegen zu machen. Wortlos umschlug sie, doppelt fühlbar im lautlosen leeren Raum, eine lähmende Befangenheit : nervös hastete sie an den Zugstreifen des Fensters, die Gardinen hochzuziehen, damit mehr Licht in die gleichsam geduckte Dunkelheit der Dinge falle. Aber kaum, daß jetzt im plötzlichen Guß Grelligkeit hereinstürzte, war es, als ob alle Gegenstände plötzlich Blicke bekämen und unruhig aufgeschreckt sich regten. Alles trat bedeutsam vor und sprach eine Erinnerung zudringlich aus. Hier der Schrank, den ihre sorgende Hand immer heimlich für ihn geordnet, dort die Bücherwand, die sich sinnvoll nach seinen flüchtigsten Wünschen gefüllt, da – schwüler sprechend noch – das Bett, unter dessen übergebreiteter ? Decke er unzählige Träume von ihr begraben wußte. Dort in der Ecke – heiß fuhr ihn der Gedanke an – die Ottomane, wo sie sich ihm damals entwunden : überall spürte er, entzündet von der nun brennenden, aufflackernden Leidenschaft Zeichen und Botschaft von ihr, von derselben, die jetzt neben ihm stand, still atmend, gewaltsam fremd, abgewandten, unfaßbaren Blicks. Und dieses Schweigen, das von Jahren her dick und eingesackt in dem Raume ruhte, blähte sich jetzt aufgeschreckt von der Gegenwart der Menschen mächtig auf, wie ein Luftdruck lag es auf der Lunge und dem niedergedrückten Herzen. Etwas mußte jetzt gesagt sein, etwas mußte dieses Schweigen wegstoßen, damit es nicht erdrückte – beide spürten sie es. Und sie tat's – plötzlich sich umwendend.

» Nicht wahr, es ist alles genau so wie früher «, begann sie mit dem festen Willen, etwas Gleichgiltiges, Argloses zu sprechen (und doch zitterte ihre Stimme wie belegt). Aber er nahm den verbindlichen Konversationston nicht an, sondern preßte die Zähne.

» Ja, alles «, stieß ihm ein plötzlich aufschießender

Ingrimm erbittert durch die Zähne. » Alles ist wie
früher, nur wir nicht, wir nicht ! «

Ein Biß, fuhr dieses Wort auf sie los. Erschreckt
wandte sie sich um.

» Wie meinst du das, Ludwig ? « Aber sie fand
nicht seinen Blick. Denn seine Augen griffen jetzt
nicht nach den ihren, sondern starrten stumm und
lodernd zugleich auf ihre Lippen, auf die Lippen, die
er seit Jahren und Jahren nicht berührt und die doch
einst Fleisch brannten an seinem Fleisch, diese Lippen, die er gefühlt, feucht und inwendig wie eine
Frucht. Geniert verstand sie das Sinnliche seines An-
schauens, eine Röte überflog ihr Gesicht, geheimnis-
voll sie verjüngend, so daß sie ihm die gleiche schien
wie damals zur Stunde des Abschieds in dem gleichen
Zimmer. Noch einmal versuchte sie, um diesen sau-
genden, diesen gefährlichen Blick von sich wegzuhal-
ten, mit Absicht das Unverkennbare mißzuverstehen.

» Wie meinst du das, Ludwig ? « wiederholte sie
noch einmal, aber mehr Bitte war es, nicht sich zu
erklären, als eine Frage um Antwort.

Da machte er eine feste entschlossene Bewegung,
männlich stark faßte sein Blick jetzt den ihren. » Du
willst mich nicht verstehen, aber ich weiß, du ver-
stehst mich doch. Erinnerst du dich dieses Zimmers
– und erinnerst du dich, was du mir in diesem Zimmer zugeschworen… wenn ich wiederkomme… «

Ihre Schultern zitterten, noch versuchte sie abzu-
wehren : » Laß das, Ludwig… das sind alte Dinge,
rühren wir nicht daran. Wo ist die Zeit ? «

» In uns ist die Zeit «, antwortete er fest, » in unse-
rem Willen. Ich habe neun Jahre gewartet mit ver-

bissenen Lippen. Aber ich habe nichts vergessen.
Und ich frage dich, erinnerst du dich noch ? «

» Ja «, blickte sie ihn ruhiger an, » auch ich habe
nichts vergessen. «

» Und willst du « – er mußte Atem holen, damit
das Wort wieder Kraft fände – » willst du es erfüllen ? «

Wieder sprang die Röte auf und wogte nun bis
unter das Haar. Sie trat begütigend auf ihn zu :
» Ludwig, besinn dich doch ! Du sagtest, du hast
nichts vergessen. Aber vergiß nicht, ich bin beinahe
eine alte Frau. Mit grauen Haaren hat man nichts
mehr zu wünschen, hat man nichts mehr zu geben.
Ich bitte dich, laß das Vergangene sein. «

Aber wie eine Lust kam es über ihn, jetzt hart und
entschlossen zu sein. » Du weichst mir aus «, drängte
er ihr nach, » aber ich habe zu lange gewartet, ich
frage dich, erinnerst du dich deines Versprechens ? «

Ihre Stimme schwankte bei jedem Wort :
» Warum fragst du mich ? Es hat doch keinen Sinn,
daß ich es dir jetzt sage, jetzt, wo alles zu spät ist.
Aber wenn du es forderst, so antworte ich dir. Ich
hätte dir nie etwas verweigern können, immer habe
ich dir gehört, seit dem Tage da ich dich kannte. «

Er sah sie an : wie sie doch aufrecht war, selbst in
der Verwirrung, wie klar, wie wahr, ohne Feigheit,
ohne Ausflucht, immer dieselbe, die Geliebte, wun-
dervoll sich bewahrend in jedem Augenblick, ver-
schlossen und aufgetan zugleich. Unwillkürlich trat
er auf sie zu, aber kaum sie das Ungestüme seiner
Bewegung sah, wehrte sie schon bittend ab.

» Komme jetzt, Ludwig, komm, bleiben wir nicht
hier, gehen wir hinunter ; es ist Mittag, jeden Augen-

blick kann mich das Dienstmädchen hier suchen, wir
dürfen nicht länger hier bleiben. «

Und so unwiderstehlich bog ihres Wesens Gewalt
seinen Willen, daß er, genau wie damals, ihr wortlos
gehorchte. Sie gingen hinab zum Empfangszimmer,
durch den Flur und bis [zur] Tür, ohne ein Wort zu
versuchen, ohne einander anzusehen. Bei der Tür
wandte er sich plötzlich um und ihr zu.

» Ich kann jetzt nicht zu dir sprechen, verzeihe
mir's. Ich will dir schreiben. «

Sie lächelte ihm dankbar zu. » Ja, schreibe mir,
Ludwig, es ist besser so. «

Und kaum in sein Hotelzimmer zurückgelangt,
warf er sich hin an den Tisch und schrieb ihr einen
langen Brief, von Wort zu Wort, von Seite zu Seite
immer zwanghafter hingerissen von der plötzlich
verstoßenen Leidenschaft. Es sei sein letzter Tag in
Deutschland für Monate, für Jahre, für immer vielleicht, und er wolle, er könne nicht so von ihr gehen
mit der Lüge des kühlen Gesprächs, der Unwahrhaf-
tigkeit gezwungen gesellschaftlichen Beisammen-
seins, er wolle, er müsse sie noch einmal sprechen,
allein, losgelöst vom Haus, von der Angst und Erinnerung und Dumpfheit der überwachten, der abhal-
tenden Räume. Und so schlug er ihr vor, ihn mit dem
Abendzug nach Heidelberg zu begleiten, wo sie beide
einmal vor einem Jahrzehnt zu einem kurzen Aufent-
halt gewesen, fremd einander noch und doch bewegt
schon von der Ahnung innerer Nähe : heute aber
solle es Abschied sein, der letzte, der tiefste, den er
noch begehrte. Diesen Abend, diese Nacht fordere
er noch von ihr. Hastig siegelte er den Brief, sandte
ihn mit einem Boten in ihr Haus hinüber. In einer

Viertelstunde schon war er zurück, ein kleines gelb-
gesiegeltes Couvert in den Händen. Zitternder Hand
riß er es auf, nur ein Zettel war darin, ein paar Worte
in ihrer festen entschlossenen Schrift, hastig und
doch stark hingeschrieben :

» Es ist Torheit, was du verlangst, aber nie konnte,
nie werde ich dir etwas verweigern ; ich komme. «

Der Zug verlangsamte seine Fahrt, eine Station,
lichterflimmernd, gebot ihm zurückhaltenden Gang.
Unwillkürlich hob des Träumenden Blick sich von
innen heraus und griff suchend vor, um wieder zärtlich die sich ihm zugewandte, ganz ins Helldunkle
gebettete Gestalt seines Traumes zu erkennen. Ja, da
war sie ja, die immer Getreue, die still Liebende, sie
war gekommen, mit ihm, zu ihm – immer wieder
umfing er das Handgreifliche ihrer Gegenwart. Und
als hätte etwas in ihr dieses Suchende seines Blickes,
diese scheu liebkosende Berührung von ferne gefühlt,
so richtete sie sich jetzt empor und blickte durch die
Scheibe, hinter der eine ungewisse Landschaft feucht
und frühlingsdunkel wie glitzerndes Wasser vorbei-
strich.

» Wir müssen gleich ankommen «, sagte sie wie zu
sich selber.

» Ja «, seufzte er tief, » es hat so lange gedauert. «

Er wußte selbst nicht, meinte er die Fahrt mit
diesem ungeduldig aufstöhnenden Wort oder all die
langen Jahre bis heran an diese Stunde : Verwirrung
zwischen Traumhaftigkeit und Wirklichkeit durch-
wogte ihm das Gefühl. Er spürte nur, daß unter ihm
knatternde Räder liefen, auf irgend etwas zu, irgend-
einem Augenblick entgegen, das er sich aus einer

merkwürdigen Dumpfheit nicht verdeutlichen konnte. Nein, nicht denken daran, nur so tief sich tragen lassen von einer unsichtbaren Macht, irgend etwas Geheimnisvollem entgegen, verantwortungslos, mit entspannten Gliedern. Eine Art bräutlichen Erwartens war das, süß und sinnlich und doch auch dunkel durchmengt von der Vorangst der Erfüllung, von jenem mystischen Schauer, wenn plötzlich ein unendlich Ersehntes leibhaftig herantritt an das aufstaunende Herz. Nein, nur nicht ausdenken jetzt, nichts wollen, nichts begehren, nur so bleiben, traumhaft gerissen ins Ungewisse, getragen von fremder Flut, nicht sich berührend und doch sich fühlend, sich begehrend und sich nicht erreichend, ganz hingeschwungen ins Schicksal und zurück ins Eigene gefügt. Nur so bleiben, noch stundenlang, eine Ewigkeit lang in dieser dauernden Dämmerung, umhüllt von Träumen und schon wie eine leise Bangnis meldete sich der Gedanke, dies könnte bald zu Ende sein.

Aber da flirrten schon, Johanniskäfern gleich, da und dort, hüben und drüben, immer lichter und lichter elektrische Funken im Tal, Laternen schossen zusammen in schnurgeraden Doppelreihen, Geleise überklirrten sich und da wölbte bereits eine blasse Kuppel helleren Dunst aus der Dunkelheit.

» Heidelberg «, sagte aufstehend einer der Herren zu den anderen. Alle drei verstauten ihre geblähten Reisetaschen und hasteten, um früher beim Ausgang zu sein, aus dem Coupé. Schon ratterten stolperig die angebremsten Räder in das Bahnhofsrelais, es gab einen harten, aufrüttelnden Ruck, dann stockte die Geschwindigkeit, nur einmal noch quarrten die Räder wie ein gequältes Tier. Eine Sekunde saßen sie beide allein sich gegenüber, gleichsam erschreckt von der plötzlichen Wirklichkeit.

» Sind wir schon da ? « Unwillkürlich klang es beängstigt !

» Ja «, antwortete er und stand auf. » Kann ich dir helfen ? « Sie wehrte ab und ging hastig voraus. Aber bei dem Trittbrett des Waggons blieb sie noch einmal stehen, wie vor eiskaltem Wasser zauderte der Fuß einen Augenblick, hinabzusteigen. Dann gab sie sich einen Ruck, er folgte stumm. Und beide standen sie auf dem Perron dann einen Augenblick nebeneinander, hilflos, fremd, peinlich berührt, und der kleine Koffer pendelte ihm schwer in der Hand. Da stieß plötzlich die wieder anschneubende Maschine neben ihnen grell ihren Dampf aus. Sie zuckte zusammen, sah ihn dann blaß an, mit verwirrten und unsicheren Augen.

» Was hast du ? « fragte er.

» Schade, es war so schön. Man fuhr so hin. Ich wäre gern noch so Stunden und Stunden gefahren. « Er schwieg. Genau dasselbe hatte er in dieser Sekunde gedacht. Aber nun war es vorbei : etwas mußte geschehen.

» Wollen wir nicht gehen ? « fragte er behutsam.

» Ja, ja gehen wir «, murmelte sie kaum verständlich. Aber dennoch blieben sie beide locker nebeneinander stehen, als wäre etwas in ihnen zerbrochen. Dann erst (er vergaß ihren Arm zu nehmen) wandten sie sich unschlüssig und verwirrt dem Ausgang zu.

Sie traten aus dem Bahnhof, aber kaum aus der Tür, stieß ein Brausen wie Sturm gegen sie, zerknattert von Trommeln, überschrillt von Pfeifen, wuch-

tiger tönender Lärm – eine vaterländische Demons-
tration der Kriegervereine und Studenten. Wan-
dernde Mauer, Viererreihen nach Viererreihen, von
Fahnen bewimpelt, krachend im Paradesschritt marschierten militärisch gewandete Männer in einem
Takt wie ein einziger Mann, den Nacken starr rückge-
stoßen, gewaltsame Entschlossenheit, den Mund auf-
gehöhlt zum Gesang, eine Stimme, ein Schritt,
ein Takt. In der ersten Reihe Generäle, weißhaarige
Würdenträger, ordensüberdeckt flankiert von der
Jungmannschaft, die in athletischer Starrheit riesige
Fahnen steif senkrecht trugen, Totenköpfe, Haken-
kreuz, alte Reichbanner im Winde wehend, breit gespannt die Brust ; vorgestoßen, die Stirn, als ginge es
feindlichen Batterien entgegen. Wie von einer taktie-
renden Faust vorgestoßen, geometrisch, geordnet,
marschierten Massen, zirkelhaft genau Abstand hal-
tend und Schritt bewahrend, von Ernst jeder Nerv
gespannt, Drohblick im Gesicht, und jedesmal wenn
eine neue Reihe – Veteranen, Jungvolk, Studenten
– an der erhöhten Estrade vorbeikam, wo das trom-
melnde Schlagwerk beharrlich im Rhythmus Stahl auf
einem unsichtbaren Amboß zerschlug, ging militärisch stramm ein Ruck durch die Menge der Köpfe :
links warfen eines Willens, einer Bewegung sich die
Nacken herüber, aufzuckten wie auf Schnüren gerissen die Fahnen vor dem Heerführer, der steinernen
Angesichts hart die Parade der Zivilisten abnahm.
Bartlose, Flaumige oder Zerkerbt mit Falten, Arbeiter, Studenten, Soldaten oder Knaben, alle hatten sie
diese Sekunde dasselbe Gesicht durch den harten,
entschlossenen zornigen Blick, das aufgestoßene
Kinn des Trotzes und die unsichtbare Geste des

Schwertgriffes. Und immer wieder von Truppe zu Truppe hämmerte der prasselnde, in seiner Monotonie doppelt aufrührerische Trommeltakt die Rücken straff, die Augen hart – Schmiede des Krieges, der Rache, unsichtbar aufgestellt auf friedlichem Platz in einen von linden Wolken süß überflogenen Himmel hinein.

» Wahnsinn «, stammelte der Überraschte auftaumelnd zu sich selbst. » Wahnsinn ! Was wollen sie ? Noch einmal, noch einmal ? «

Noch einmal diesen Krieg, der eben ihm sein ganzes Leben zerschlagen ? Mit einem fremden Schauer sah er hinein in diese jungen Gesichter, starrte er hin auf die schwarz wandelnde Masse, die viergereihte, dies quadratische Filmband, das aus der engen Gasse einer dunklen Schachtel sich aufrollte, und jedes Antlitz, das er anfaßte, war gleich starr von entschlossener Erbitterung, eine Drohung, eine Waffe. Warum diese Drohung klirrend hinaufgereckt in einen milden Juniabend, hineingehämmert in eine freundlich hinträumende Stadt ?

» Was wollen sie ? Was wollen sie ? « Noch immer würgte ihn diese Frage. Noch eben hatte er die Welt gläsern hell und klingend gefühlt, übersonnt von Zärtlichkeit und Liebe, war eingeschlagen gewesen in eine Melodie der Güte und des Vertrauens, und plötzlich da tappte dieser eherne Massenschritt alles nieder, militärisch gegürtet, tausendstimmig, tausendartig und doch nur eines atmend in Schrei und Blick, Haß, Haß, Haß.

Unwillkürlich faßte er ihren Arm, etwas Warmes zu fühlen, Liebe, Leidenschaft, Güte, Mitleid, ein weiches beschwichtendes Gefühl, aber die Trommeln

prasselten ihm die innere Stille entzwei, und jetzt, da
alle die Tausende von Stimmen zu einem unverständ-
lichen Kriegsgesang zusammendröhnten, die Erde
bebte vom takthaft geschlagenen Schritt, die Luft
explodierte von dem plötzlichen Hurra-Geschrei der
riesigen Rotte, da war ihm als zerbreche innen etwas
Zartes und Klingendes an diesem gewaltsamen, laut
vordringenden Gedröhn der Wirklichkeit.

Eine leichte Berührung an seiner Seite schreckte
ihn auf ihre Hand mit behandschuhten Fingern, zart
die seine mahnend, nicht so wild sich zur Faust zu
krampfen. Da wandte er den verhafteten Blick – sie
sah ihn bittend an ohne Worte, nur am Arme fühlte
er leise drängenden Zug.

» Ja, gehen wir «, murmelte er sich zusammenfas-
send, zog die Schultern hoch wie in Abwehr gegen
etwas Unsichtbares und gab sich gewaltsamen Ab-
stoß durch den günstig gedrängten Menschengallert,
der wortlos wie er selbst und gebannt auf den unauf-
hörlichen Vormarsch der militärischen Legionen
starrte. Er wußte nicht, wohin er sich durchrang, nur
heraus aus diesem tosenden Tumult weg von hier,
von diesem Platz, wo ein klirrender Mörser in uner-
bittlichem Takt alles Leise und Traumhafte in ihm
zerstampfte. Nur fort sein, allein sein mit ihr, dieser
einen, umwölbt von Dunkel, von einem Dach, ihren
Atem fühlen, zum erstenmal seit zehn Jahren unbe-
wacht, ungestört in ihre Augen schauen, ausgenießen
dieses Alleinsein, vorgeschworen in unzähligen Träumen und nun schon fast weggeschwemmt von dieser
wirbelnden, in Schrei und Schritt sich selbst immer
wieder überrennenden Menschenwoge. Sein Blick
griff nervös die Häuser ab, fahnenüberwimpelt sie

alle, dazwischen manche, wo goldene Lettern Firmen ankündigten, und manche einen Gasthof. Mit einmal spürte er das leise Ziehen des kleinen Koffers mahnend in der Hand : irgendwo rasten, zu Hause sein, allein ! Sich eine Handvoll Stille kaufen, ein paar Quadratmeter Raum ! Und gleichsam Antwort gebend sprang jetzt vor hoher steinerner Fassade der goldglitzernde Name eines Hotels vor, und ihnen entgegen wölbte es sein gläsernes Portal. Sein Schritt wurde klein, sein Atem dünn. Beinahe betroffen blieb er stehen, unwillkürlich löste sich sein Arm aus dem ihren. » Dies soll ein gutes Hotel sein, man hat es mir empfohlen «, log stammelnd seine nervöse Verlegenheit.

Sie wich erschreckt zurück, Blut übergoß das blässe Gesicht. Ihre Lippen bewegten sich und wollten etwas sagen – vielleicht das Gleiche wie vor zehn Jahren, das aufgestörte » Nicht jetzt ! Nicht hier «.

Aber da sah sie seinen Blick auf sich gerichtet, ängstlich, verstört, nervös. Und da senkte sie das Haupt in wortlosem Einverständnis und folgte ihm mit kleinen mutlosen Schritten die Schwelle des Eingangs empor.

In der Empfangsecke des Hotels stand, farbig bekappt und wichtigtuerisch wie der Kapitän am verantwortlichen Auslug des Schiffes, spielend der Portier hinter seinem distanzierenden Verschlag. Keinen Schritt ging er den zögernd Eintretenden entgegen, bloß ein flüchtig und schon geringschätzender, rasch taxierender Blick streifte den kleinen Toilettenkoffer. Er wartete, und man mußte bis an ihn heran, der mit einmal wieder emsig in den breit aufgeschlagenen Folioblättern der riesigen Strazze beschäftigt

schien. Erst als der Einlaßwerbende schon ganz
knapp vor ihm stand, hob er kühlen Blick und exa-
minierte sachlich streng : » Haben die Herrschaften
bestellt ? «, um dann die beinahe schuldbewußte
Verneinung mit einem neuerlichen Blättern zu beant-
worten. » Ich fürchte, es ist alles besetzt. Wir hatten
heute Fahnenweihe, aber – «, fügte er gnädig hinzu,
» ich werde sehen, was sich machen läßt. «

Ihm eine in die Fresse schlagen können, diesem
galonierten Feldwebel, dachte der Gedemütigte erbittert, Bettler hier wieder, Gnadennehmer und Eindring-
ling zum erstenmal seit einem Jahrzehnt. Aber
inzwischen hatte der Wichtigtuerische seine umständ-
liche Prüfung beendet. » Nummer 27 ist eben frei
geworden, ein zweibettiges Zimmer, wenn Sie darauf
reflektieren. « Was blieb übrig, als dumpf grollend ein
rasches » Gut « zu sagen, und schon nahm die unruhige Hand den dargereichten Schlüssel, ungeduldig
schon, schweigende Wände zwischen sich und dem
Menschen zu haben. Da drängte von rückwärts noch
einmal die strenge Stimme » Einschreiben, bitte «, und
ein rechteckiges Blatt wurde ihm vorgelegt, zerschach-
telt in zehn oder zwölf Rubriken, die er ausfüllen
mußte, Stand, Name, Alter, Herkunft, Ort und Heimat, die aufdringliche Frage des Amts an den lebendigen Menschen. Das Widerwärtige ward fliegenden
Stifts getan : nur als er ihren Namen eintragen mußte,
unwahrerweise (was sonst einst geheimster Wunsch
gewesen) dem seinen ehelich verbindend – da zitterte
der leichte Bleistift ihm täppisch in der Hand. » Hier
noch Dauer des Aufenthalts «, reklamierte der Uner-
bittliche, das Geschriebene nachprüfend und deutete
mit fleischigem Finger auf die noch leere Rubrik.

» Einen Tag «, zeichnte der Stift zornig ein : schon fühlte der Erregte seine Stirne feucht, er mußte den Hut abnehmen, so drückte ihm diese fremde Luft.

» Erster Stock links «, erläuterte flink zuspringend ein höflich beflissener Kellner, als der Erschöpfte sich jetzt zur Seite wandte. Aber er suchte nur sie : sie hatte krampfhaft interessiert während der ganzen Prozedur vor einem Plakat reglos gestanden, das den Schubertabend einer unbekannten Sängerin verhieß, doch über die Schultern lief während dieses reglosen Dastehens eine zitternde Welle wie Wind über eine Wiese. Er merkte, beschämt, ihre gewaltsam beherrschte Erregtheit : wozu habe ich sie aus ihrer Stille gerissen, hierher ? dachte er wider seinen Willen. Aber nun gab es kein Zurück. » Komm «, drängte er leise. Sie löste sich, ohne ihm ihr Gesicht zu zeigen, von dem fremden Plakat und ging die Treppe voraus, langsam, mühsam mit schweren Schritten : wie eine alte Frau, dachte er unwillkürlich.

Eine Sekunde nur hatte er es gedacht, wie sie, die Hand am Geländer, die wenigen Stufen sich hinaufmühte, und sofort den häßlichen Gedanken weggestoßen. Aber etwas Kaltes, Wehtuendes blieb an der Stelle der gewaltsam fortgestoßenen Empfindung.

Endlich waren sie oben im Gange : eine Ewigkeit diese zwei schweigenden Minuten. Eine Tür stand offen, es war ihr Zimmer : das Stubenmädchen manipulierte noch darin mit Staubtuch und Besen. » Einen Augenblick, ich mache gleich fertig «, entschuldigte sie sich, » das Zimmer ist eben geräumt worden, aber die Herrschaften können schon eintreten, ich bringe nur frisches Bettzeug. «

Sie traten ein. Die Luft stockte dick und süßlich

im verschlossenen Raum, es roch nach Olivenseife und kaltem Zigarettenrauch, irgendwo duckte sich noch fremder Menschen gestaltlose Spur.

Frech und vielleicht noch menschenwarm stand in der Mitte das aufgewühlte Doppelbett als offenbarer Sinn und Zweck des Raumes : ihn ekelte vor dieser Deutlichkeit : unwillkürlich flüchtete er zum Fenster hin und stieß es auf : feuchte weichliche Luft, durchmengt mit verdunstetem Lärm der Straße quoll langsam vorbei an den zurückweichenden schwankenden Gardinen. Er blieb beim offenen Fenster und blickte angespannt hinaus auf die schon abgedunkelten Dächer : wie häßlich dieses Zimmer war, wie beschämend dies Hiersein, wie enttäuschend dies seit Jahren ersehnte Zuzweitsein, das weder er noch sie so plötzlich, so schamlos nackt gewollt ! Drei, vier, fünf Atemzüge lang – er zählte sie – blickte er hinaus, feige vor dem ersten Wort ; dann nein, das ging nicht an, zwang er sich herum. Und ganz wie er es vorausgefühlt, wie er es gefürchtet, stand sie steinern starr in ihrem grauen Staubmantel, mit niederhängenden, gleichsam geknickten Armen mitten im Zimmer als etwas, das hier nicht hineingehörte und nur durch gewaltsamen Zufall, durch Versehen in den widrigen Raum geraten war. Sie hatte die Handschuhe abgestreift, offenbar um sie abzulegen, aber es mußte sie geekelt haben, sie an irgendeine Stelle dieses Zimmers zu tun : so pendelten sie, leere Hülsen, ihr leer in den Händen. Ihre Augen stockten wie hinter einem Schleier von Starre : nun da er sich wandte, strömten sie flehend ihm zu. Er verstand. » Wollen wir nicht « – die Stimme stolperte über den gepreßten Atem –

» wollen wir nicht noch ein wenig spazierengehen ?…
Es ist doch so dumpf hier. «

» Ja… ja. « Wie befreit strömte das Wort ihr aus
– losgekettete Angst. Und schon griff ihre Hand
gegen die Türklinke. Er folgte ihr langsamer und sah :
ihre Schultern zitterten wie die eines Tieres, das töd-
licher Umkrallung entkommen.

Die Straße wartete warm und menschenüberwogt,
noch war ihr strömiger Gang vom Kielwasser des fest-
lischen Aufmarsches unruhig bewegt – so bogen sie
seitab zu stilleren Gassen, zu dem waldigen Weg, dem
gleichen, der sie vor einem Jahrzehnt auf sonntäg-
lichem Ausflug zum Schlosse emporgeführt. » Erinnerst du dich, es war ein Sonntag «, sagte er
unwillkürlich laut und sie, offenbar mit gleicher Erinnerung innerlich beschäftigt, antwortete leise. » Nichts
mit dir habe ich vergessen. Otto ging mit seinem
Schulfreund, sie eilten so ungestüm voraus – fast hät-
ten wir sie verloren im Wald. Ich rief nach ihm und
rief, er möchte zurückkommen, und tat's doch wider
Willen, denn mich drängte es doch mit dir allein zu
sein. Aber damals waren wir einander noch fremd. «

» Und heute «, versuchte er zu scherzen. Aber sie
blieb stumm. Ich hätte es nicht sagen sollen, fühlte
er dumpf : was drängt mich, immer zu vergleichen,
heute und damals. Aber warum glückt mir kein Wort
heute zu ihr : immer drängt sich dies Damals dazwischen, vergangene Zeit.

Sie stiegen schweigend die Höhe empor. Schon
bückten sich matten Geleuchts die Häuser unter
ihnen zusammen, aus dämmerigem Tal wölbte immer
heller schon der geschwungene Fluß, indes hier die

Bäume rauschten und Dunkel über sie herabsenkten. Niemand kam ihnen entgegen, nur vor ihnen schoben sich schweigend ihre Schatten. Und immer wenn schräge eine Laterne ihre Gestalten überleuchtete, schmolzen die Schatten vor ihnen zusammen, als umarmten sie sich, sie dehnten sich und sehnten sich zueinander, Leib in Leib eine Gestalt, wichen wieder auseinander, um neu sich zu umfangen, indes sie selbst laß und atemweit schritten. Wie gebannt sah er dies sonderbare Spiel, dieses Fliehen und Fassen und Wiedereinanderlassen dieser unbeseelten Gestalten, schattender Leiber, die doch nur Widerschein ihrer eigenen waren, mit einer kranken Neugier sah er dieser wesenlosen Figuren Flucht und Verstrickung, und fast vergaß er der Lebendigen neben ihm [= sich] über dem schwarzen fließenden und flüchtenden Bild. Er dachte an nichts deutlich dabei und fühlte doch dumpf, daß an irgend etwas dies scheue Spiel ihn mahnte, an irgend etwas, das brunnenhaft tief in ihm lag und nun unruhig aufwogte, als tastete der Eimer des Erinnern unruhig und drohend heran. Was war es nur ? – Er spannte alle Sinne, woran gemahnte ihn dieser Schattengang hier im schlafenden Wald : Worte mußten es sein, eine Situation, ein Erlebtes, Gehörtes, Gefühltes, irgend gehüllt in eine Melodie, ein ganz tief Vergrabenes, an das er Jahre und Jahre nicht gerührt.

Und plötzlich brach es auf, blitzender Spalt im Dunkel des Vergessens : Worte waren es, ein Gedicht, das sie ihm einmal vorgelesen abends im Zimmer. Ein Gedicht, ja, französisch, er wußte die Worte, und wie hergerissen von einem heißen Wind waren sie mit einmal bis hoch an die Lippen, er hörte über ein Jahrzehnt weg mit ihrer Stimme diese vergessenen Verse aus einem fremden Gedicht :

> *Dans le vieux parc solitaire et glacé*
> *Deux spectres cherchent le passé*

Und kaum daß sie aufleuchteten im Gedächtnis, diese Verse, fügte sich magisch schnell ein ganzes Bild daran : die Lampe golden glühend im verdunkelten Salon, wo sie ihm eines Abends das Gedicht Verlaines vorgelesen. Er sah sie, vom Schatten der Lampe abgedunkelt, wie sie damals saß, nah und fern zugleich, geliebt und unerreichbar, fühlte mit einmal sein eigenes Herz von damals hämmernd vor Erregung, ihre Stimme schwingen zu hören auf der klingenden Woge des Verses, sie im Gedicht – wenn auch im Gedicht nur – die Worte » Sehnsucht « zu hören und » Liebe «, fremder Sprache zwar und Fremder zugemeint, aber doch berauschend zu hören von dieser Stimme, ihrer Stimme. Wie hatte er's vergessen können jahrelang, dies Gedicht, diesen Abend wo sie allein im Haus und verwirrt vom Alleinsein flüchteten von gefährdendem Gespräch in der Bücher umgänglicheres Gefild, wo hinter Worten und Melodie manchmal deutsam Geständnis innigeren Gefühls aufblitzte wie Licht im Gesträuch, unfaßbar funkelnd und doch beglückend ohne Gegenwart. Wie hatte er's vergessen können so lange ? Aber wie auch war es plötzlich wiedergekommen, dies verlorene Gedicht ? Unwillkürlich sagte, übersetzte er sich die Zeilen :

> *Im alten Park, eisstarrend und verschneit*
> *Zwei Schatten suchen die Vergangenheit*

und kaum, daß er sich's gesagt, so verstand er sie
schon, lag schon schwer und funkelnd der Schlüssel
in seiner Hand, die Assoziation, die aus schlafendem
Schacht das Erinnern, dies eine, plötzlich so sinnlich
hell, so scharf emporgerissen : Die Schatten da waren
es über dem Weg, die Schatten, sie hatten ihr eigenes
Wort berührt und erweckt, ja, aber noch mehr. Und
schauernd fühlte er plötzlich erschreckten Erkennens
Sinn ; Worte wahrsagenden Sinns : waren sie es nicht
selbst, diese Schatten, die ihr Vergangenheit suchten,
dumpfe Fragen richteten an ein Damals, das nicht
mehr wirklich war, Schatten, Schatten, die lebendig
werden wollten und es nicht mehr vermochten, nicht
sie, nicht er mehr dieselben und sich doch suchend
in vergebenem Bemühen, sich fliehend und sich hal-
tend in wesenlosen kraftlosen Bemühungen wie diese
schwarzen Gespenster vor ihrem Fuß ?

Unbewußt mußte er aufgestöhnt haben, denn sie
wandte sich herum : » Was hast du, Ludwig ? Woran
denkst du ? «

Aber er wehrte nur ab » Nichts ! Nichts ! « Und
er horchte nur tiefer in das Innen hinein, in das
Damals zurück, ob nicht nochmals diese Stimme, die
wahrsagende des Erinnerns zu ihm sprechen wolle
und mit Vergangenheit ihm die Gegenwart enthüllen.

Stefan Zweig et le monde d'hier

par Isabelle Hausser

Préface

Stefan Zweig fut, de son vivant, l'un des auteurs les plus lus et les plus traduits de son temps, l'un des plus appréciés d'un immense public. Cette popularité, qui ne se limitait pas au monde germanique, dépassait certainement le simple phénomène de mode, comme le prouve la célébrité dont il jouit encore. Cette renommée a quelque chose de mystérieux. Pourquoi, en effet, cet écrivain, qui ne comprenait pas les raisons d'un succès qu'il jugeait immérité, a-t-il suscité et suscite-t-il toujours un tel engouement ?

La consécration de Zweig par ses contemporains comme par la postérité, après un bref purgatoire d'une dizaine d'années, s'explique tout d'abord par la nature de son œuvre. Auteur prolifique, Zweig écrivait cependant brièvement : au roman-fleuve, il préféra toujours la nouvelle ou le petit roman. Si le travail de documentation, préalable à la rédaction de ses essais, est impressionnant, il se garda d'écrire des ouvrages d'érudition : ses biographies constituent des vulgarisations, terme qu'il ne faudrait pas considérer avec dédain, car Zweig avait à cœur d'ouvrir au plus grand nombre l'accès aux « heures étoilées de l'humanité » et aux « bâtisseurs du monde », pour reprendre deux de ses formules. Son style n'avait rien de relâché, il était élégant, et ses métaphores l'élèvent au-dessus du cliché qu'affectionne d'ordinaire la littérature populaire. Mais Zweig se souciait avant tout d'être compris : contre les arcanes de l'avant-gardisme, il opta pour le classicisme. N'y a-t-il pas déjà dans ces quelques éléments, auxquels on pourrait en ajouter bien d'autres, le début d'une recette d'un succès durable ?

Sa popularité actuelle s'explique également par la fascination qu'exerce sur nos contemporains l'époque à laquelle a vécu Zweig. Pour des raisons qu'on ne développera pas, nous la considérons aujourd'hui tout à la fois comme une période fondatrice et comme l'incarnation d'une haute civilisation dont nous avons la nostalgie. Or, plus que celles de nombreux écrivains de sa génération, l'œuvre et la vie de Zweig reflètent parfaitement l'esprit de son temps. Extraordinairement cultivé, parlant plusieurs langues, poli et raffiné jusqu'à la délicatesse, Zweig compte parmi les héritiers du patrimoine intellectuel de l'Europe centrale, car Vienne était avant tout à son époque le carrefour où venaient se croiser les esprits et les talents surgis des bords du Danube, des Carpathes ou des profondeurs de la Galicie.

Une troisième explication est que la vie de Zweig est un roman. Né « avec une cuiller d'argent dans la bouche », auteur adulé, ami de tout ce que l'Europe comptait alors d'écrivains, de musiciens et de peintres, homme aux amours compliquées, esprit perpétuellement au bord du désespoir et jusqu'à la terrible photo de police prise à son domicile, on s'étonne que personne n'ait encore songé à faire un film de sa vie.

Ces quelques pages donnent à voir les grandes

étapes de la vie d'un homme pudique et secret et prolongent la découverte ou la redécouverte de son œuvre.

Les jeunes années

La Vienne où naît Stefan Zweig, en 1881, avait connu d'importants changements au cours des vingt années précédentes.

Changement politique d'abord puisque dans cette autocratie, la bourgeoisie libérale avait en 1861 obtenu de l'empereur François-Joseph la mise en place d'un gouvernement constitutionnel.

Toutefois le changement dans les mentalités qu'on était en droit d'attendre avec l'arrivée au pouvoir de la bourgeoisie aux affaires ne fut pas total. En effet, pour reprendre l'analyse de Carl E. Schorske[1], si la culture morale et scientifique de la bourgeoisie libérale autrichienne était analogue à celle du reste de l'Europe, il n'en allait pas de même de sa culture esthétique. Elle adhérait à la *Gefühlskultur* (la culture des sentiments) issue de l'aristocratie. Contrairement à ce qui se passa dans d'autres pays d'Europe, la bourgeoisie, libérale et puritaine, ne parvenant pas à détruire l'aristocratie, finit par en assimiler les valeurs.

---

1. Carl E. Schorske, *Vienne fin de siècle*, Seuil, 1983. Voir aussi du même auteur « Les deux cultures autrichiennes et leur destin moderne », *Revue d'esthétique* n° 9, consacrée à Vienne de 1880 à 1938.

Les libéraux voulurent imprimer leur marque sur Vienne. Elle se traduisit par des transformations urbaines considérables. À l'emplacement des anciennes fortifications qui séparaient la vieille ville des faubourgs, ils percèrent le Ring. Sur la Ringstrasse qui entoure Vienne furent édifiés de monumentaux immeubles d'habitation, comme celui où naquit Zweig, ainsi que les bâtiments occupés par les principales institutions du droit et de la culture : le Rathaus et le Parlement pour l'un, le Burgtheater et l'Université pour l'autre.

Sous leur règne coexistèrent une morale répressive, que dénoncera Zweig dans son autobiographie, *Le Monde d'hier*, et une culture esthétique qui transformait en héros les acteurs, les artistes, les écrivains et les critiques ; une culture, écrit Schorske, qui était une « combinaison de provincialisme et de cosmopolitisme, de traditionalisme et de modernisme » ; une culture enfin où, au sein du monde des affaires ou des professions libérales, on ne trouvait pas déshonorant, bien au contraire – comme ce fut le cas pour les Zweig –, que l'un de ses enfants se mêlât de littérature ou d'art.

Ce mélange paradoxal explique le bouillonnement culturel que connut Vienne jusqu'à la Première Guerre mondiale et auquel participa Zweig. Il suffit en effet de rappeler qu'au même moment vivaient à Vienne Mahler, Klimt, Schnitzler, Karl Kraus et Sigmund Freud, pour ne citer que les plus connus.

Dans *Le Monde d'hier*, Stefan Zweig décrit cette période et les années pendant lesquelles se déroulèrent son enfance comme celle du « monde de la sécurité ». L'univers dans lequel il vit le jour avait en effet atteint son apogée et ne tarderait pas à disparaître. Avant même que la Première Guerre mondiale ne lui portât le coup de grâce, il commença à se déliter, notamment avec le déclin des libéraux. A Vienne même, ils furent emportés par un raz de marée du parti chrétien-social qui, malgré sa résistance, contraignit l'empereur, en 1897, à laisser accéder à la tête de la municipalité Karl Lueger, fervent catholique et antisémite, qui mena une politique totalement opposée à celle de ses prédécesseurs.

Stefan Zweig naquit le 28 novembre 1881 dans une famille qui, ayant gravi les échelons de la réussite sociale, ne pouvait imaginer que le monde dans lequel elle se mouvait allait lui être ravi.

Ses deux parents étaient juifs, mais venaient d'horizons différents. Moritz, le père, était le fils de Hermann Zweig, qui faisait commerce de produits manufacturés, et de Nanette Wolf. Il était né dans une communauté juive de Moravie alors sortie du ghetto. Il reçut d'ailleurs une très bonne éducation puisque, selon son fils, « il jouait excellemment du piano, écrivait avec élégance et clarté, parlait le français et l'anglais ». Il avait acquis sa fortune en fondant en Bohême un petit atelier de tissage qui devint une grande entreprise textile.

La mère, Ida, appartenait quant à elle à une famille juive riche et plus cosmopolite que celle des Zweig, les Brettauer. Venus d'Allemagne où ils possédaient une banque, ils avaient essaimé en Europe et aux Etats-Unis. Le grand-père de Zweig, Samuel Ludwig Brettauer, s'était d'abord fixé à Ancône où naquit

Ida, sa seconde fille, avant de s'installer à Vienne où il acquit une des nouvelles constructions de la Ringstrasse. Ida parlait aussi bien l'italien que l'allemand, qu'elle apprit à ses fils.

Des deux côtés, il s'agissait de familles de la bourgeoisie juive émancipée, dont à l'époque étaient issus tant d'écrivains et d'artistes viennois. Comme le rappelle Zweig dans son autobiographie, la bourgeoisie juive fut alors la protectrice de la culture à Vienne.

C'est dans ce milieu privilégié que naquit Stefan Zweig. Il était le second fils de Moritz et d'Ida, ce qui fut une chance pour lui. Son frère aîné, Alfred, reprit en effet les affaires paternelles, permettant ainsi à Stefan, avec l'appui de sa famille, de se consacrer à la littérature.

De son enfance, on sait peu de choses, sinon qu'il passait pour un enfant difficile. Mais à lire ses portraits d'enfants – Edgar dans *Brûlant secret* ou les deux fillettes de *La Gouvernante* – on peut supposer qu'il eut un complet sentiment d'incompréhension à l'égard du monde des adultes.

Cette hypothèse est confirmée par la peinture sévère qu'il fait dans *Le Monde d'hier* de l'éducation que recevaient alors les jeunes gens. Il est probable qu'il ne se sentit jamais parfaitement à l'aise dans cette société répressive et victorienne où l'on ne cherchait pas à développer les talents personnels, mais à brider la jeunesse et à lui apprendre de bonne heure les vertus de l'hypocrisie. Dans son autobiographie, il note du reste « le seul moment vraiment heureux que je doive à l'école, ce fut le jour où je laissai retomber pour toujours sa porte derrière moi ».

C'est pourtant durant cette période d'emprisonnement que s'éveilla en Zweig sa vocation littéraire. Avec quelques-uns de ses camarades, il fut très tôt pris d'une passion pour l'art qui les faisait courir du Burgtheater à l'Opéra, dévorer la nouvelle littérature, y compris étrangère, et se risquer eux-mêmes à écrire. Le premier poème de Zweig parut en 1898 – il avait dix-sept ans – dans une revue berlinoise, *Deutsche Dichtung.* Un second trait particulier à Zweig apparaît dès cette époque, celui qui l'amena à collectionner les autographes et les manuscrits d'artistes célèbres.

En 1900, alors qu'il venait d'achever ses études secondaires au Maximilian Gymnasium, il s'inscrivit à l'université en philosophie. Il n'y manifesta guère de zèle, occupé qu'il était à écrire. En février 1901, parut son premier recueil de poèmes, *Silberne Saiten* (Cordes d'argent) qui, malgré les craintes de Zweig, fut bien accueilli. Cependant par la suite, il n'autorisa jamais la republication de ces vers de jeunesse. Dans *Le Monde d'hier*, il les qualifie de « vers […] issus non pas de mon expérience personnelle, mais d'une sorte de passion verbale ».

Il se montre beaucoup plus fier, non sans raison, que la *Neue Freie Presse* ait accepté en 1901 l'un de ses textes pour le *Feuilleton*. Cette revue était aux dires de Zweig « l'oracle de mes pères ». Quant au *Feuilleton*, qui paraissait à la une, il était dirigé par Théodor Herzl. Paraître dans le *Feuilleton* était une consécration littéraire que Zweig obtint à dix-neuf ans. Sa collaboration avec cette revue allait continuer pendant de longues années. Impressionnés par ce succès, ses parents n'osèrent pas lui refuser d'aller passer à Berlin le second semestre de l'année universitaire 1901-1902.

Berlin fut surtout pour lui l'occasion de découvrir la liberté et d'échapper au conformisme viennois, « la vie réelle », note-t-il dans son autobiographie. Il y fréquenta écrivains et artistes et notamment Richard Dehmel qui lui conseilla de travailler à des traductions pour acquérir du métier. Il suivit ses conseils et traduisit Baudelaire, Verlaine et surtout Verhaeren.

A l'été 1902, avant de rentrer à Vienne, il se rend en Belgique où il fait la connaissance d'Emile Verhaeren avec lequel il noue une profonde amitié qui devait durer jusqu'à la Première Guerre mondiale. Conquis par une œuvre qu'il jugeait moderne et européenne, Zweig décida de s'employer à la faire connaître en Allemagne. Dès cette époque, alors qu'il n'avait pas encore achevé ses études, se dessinait le destin de Zweig, celui d'un écrivain européen, appliqué à aider la diffusion des auteurs qu'il estimait.

Les débuts littéraires

En 1904, Zweig n'est plus tout à fait un novice dans le monde littéraire. Il a publié des poèmes et quelques nouvelles. Mais il lui reste – et il le sait – à faire ses preuves et à abandonner son premier style. « Je trouvais à mes premières nouvelles un relent de papier parfumé », note-t-il dans *Le Monde d'hier*.

Cette année 1904 est importante parce qu'elle marque la fin de ses études universitaires – le 7 avril, il soutient sa thèse sur Taine – et ses véritables débuts littéraires avec la publication à l'automne de son premier recueil de nouvelles, *L'Amour d'Erika Ewald*, qui comprend quatre textes écrits au cours des quatre premières années du siècle.

A partir de cette date, Zweig prend des habitudes qui ne le quitteront plus, même quand il sera marié : celles de voyager et d'écrire abondamment. Ainsi passe-t-il six mois à Paris entre 1904 et 1905 où il fréquente assidûment Verhaeren et rencontre Rodin et Léon Bazalgette. Le printemps 1906 le voit en Angleterre à laquelle il ne trouve pas autant de charmes qu'à la France. En 1908, il accomplit un grand voyage en Asie. En 1911, il revient d'Amérique par le paquebot qui transporte Gustav Mahler mourant.

Dans le même temps, il travaille : à son essai sur Verlaine, mais aussi à un nouveau recueil de poèmes, *Die Frühen Kränze* (Premières Guirlandes). Ce volume mérite qu'on s'y arrête car il est le premier paru chez Insel Verlag, la maison d'édition allemande qui devait indéfectiblement publier Stefan Zweig jusqu'à l'arrivée au pouvoir des nazis. Zweig se lie dès cette époque à son directeur, Anton Kippenberg. Ces années voient également ses débuts théâtraux. Il écrit sa première pièce, *Thersite*, qui sera montée en 1908.

Les rapports de Zweig avec le théâtre sont jalonnés de morts, comme il le raconte lui-même dans son autobiographie, laissant ainsi entrevoir une certaine crainte superstitieuse. L'acteur Matkowsky, qui devait jouer *Thersite*, meurt le 26 novembre 1908, peu avant la première. En 1911, lorsque Zweig fera monter sa nouvelle pièce, *Le Comédien métamorphosé*, ce sera Joseph Kainz, pour qui la pièce avait été écrite, qui mourra subitement. Inquiet, Zweig n'en écrivit pas moins une troisième pièce, *La Maison au bord de la mer*, en 1911. Il vit avec consternation mourir le directeur du Burgtheater, le baron Alfred Berger, qui venait de la mettre à l'affiche. La même coïncidence devait se reproduire bien des années plus tard avec sa pièce *Un caprice de Bonaparte* (Das Lamm des Armen, en allemand). L'acteur Moïssi, qui voulait la monter, mourut peu après les premières répétitions. Ces morts brutales détournèrent Zweig du théâtre qui, pensait-il, lui aurait assuré un succès immédiat, mais l'aurait sans doute empêché d'écrire son œuvre de novelliste et de biographe. Peut-être faut-il remercier le destin, car il est peu probable qu'avec son seul théâtre Zweig eût connu la célébrité qui fut la sienne de son vivant.

C'est pendant ces années, qui précédèrent la Première Guerre mondiale, que Zweig noua ses amitiés les plus fortes. Verhaeren, on l'a vu, auquel il rendait régulièrement visite l'été dans sa maison du « Caillou-qui-bique » et auquel il consacra un essai en 1909 après avoir traduit nombre de ses œuvres, poèmes et drames. Mais aussi Romain Rolland, rencontré en février 1910 à Paris, sur lequel il écrira également un essai, avec lequel il entretiendra une immense correspondance (durant trente ans) et qui exercera une grande influence sur lui, notamment au cours de la Première Guerre mondiale. C'est sans doute également durant cette période qu'il s'engagea dans des relations avec Sigmund Freud (leur première lettre connue date du 3 mai 1908).

Mais c'est surtout à ce moment – en 1912 précisément – qu'il rencontre Friderike von Winternitz,

née Friderike Maria Berger, qui fut sa première
femme, mais aussi, écrivain elle-même, son amie et sa
confidente jusqu'au dernier jour.

Leur rencontre fut très romanesque. Friderike
était alors mariée à un fonctionnaire, Félix von Winternitz, dont elle avait deux filles, mais avec lequel
elle ne s'entendait pas parfaitement. Il semble qu'en
1908, à une réception, les regards de Friderike et de
Zweig se soient déjà croisés. Mais leur véritable rencontre n'eut lieu qu'à l'été 1912 après que, à la
manière d'une collégienne, Friderike eut envoyé une
lettre à Zweig pour le féliciter de sa traduction des
Hymnes de la vie de Verhaeren. Zweig répondit et ils
se virent. Leur complicité était nouée et ne devait
plus se défaire, malgré le caractère difficile et volage
de Zweig, dont Friderike eut à souffrir dès les premières semaines de leur liaison.

Friderike joua un rôle important dans la vie de
Zweig. Elle l'aida beaucoup et lui pardonna également beaucoup car la vie avec cet homme attaché à
son indépendance, assez égoïste et constamment
tourmenté, n'était pas facile. Dans son autobiographie, Zweig ne lui rend pas justice : il ne cite jamais
son nom et ne reconnaît pas ce qu'elle lui apporta
pourtant jusqu'au bout : compréhension, encourage-
ments et respect absolu de son indépendance.

Peu après leur rencontre, Zweig souhaita s'engager
et lui demanda de divorcer pour l'épouser. Procédure
qui, dans l'Autriche catholique et bureaucratique,
allait prendre beaucoup de temps et être encore ralentie par la Première Guerre mondiale. Ils ne se marriè-
rent qu'en janvier 1920. Entre-temps le monde dans
lequel ils avaient grandi avait été balayé par la guerre.

La Première Guerre mondiale

Le cruel épisode de la Première Guerre mondiale, qui marqua définitivement Stefan Zweig, comme tous ceux qui la vécurent, est encadré pour lui par la vision de deux convois ferroviaires.

Zweig se trouvait en vacances en Belgique lorsque s'accentua la rumeur qui annonçait la guerre. Quelques jours avant l'entrée en guerre de l'Autriche, il prit le train pour rentrer à Vienne. A la frontière entre la Belgique et l'Allemagne, il vit venir plusieurs trains de marchandises, dont les wagons ouverts étaient recouverts de bâches sous lesquelles il crut « reconnaître les formes indistinctes et menaçantes de canons ». Ce qu'il commente dans *Le Monde d'hier* en notant : « Aucun doute, la chose monstrueuse était en marche, l'invasion de la Belgique en dépit de tous les principes du droit des gens ».

On peut supposer cependant que, même si, comme tout homme, Zweig redoutait la guerre, il n'envisagea pas sur le moment la monstruosité de la chose. Ses positions sur cette guerre furent longtemps ambiguës. Il publia en effet dans les premiers jours du conflit des textes palpitant d'admiration pour l'Allemagne et exaltant la fraternité d'armes de l'Autriche et de l'Allemagne[1] et son journal intime, qui n'était pas destiné à être publié, regorge d'exemples de ce type. Il se fâcha éga-

---

1. Voir par exemple « Parole d'Allemagne », Le Livre de Poche, La Pochothèque, vol. 3, *Essais*, mais aussi « Pourquoi seulement la Belgique, pourquoi pas aussi la Pologne ? », *Neue Freie Presse* du 4 avril 1915 (inédit en français).

lement avec Verhaeren auquel il reprochait sa véhémence à l'égard de l'Allemagne. Ils ne se réconcilièrent qu'un mois avant la mort de Verhaeren en 1916.

Néanmoins, très vite, apparaît dans ses écrits privés ou publics un grand sentiment de découragement devant la guerre[1] et en peu de temps, en grande partie sous l'influence de Romain Rolland avec lequel il avait, malgré la guerre, repris sa correspondance, il s'oriente vers un pacifisme militant, voire une apologie de la défaite, perceptible dès sa pièce *Jérémie*, commencée au printemps 1915 et publiée, en dépit de son sujet, par Insel à l'été 1916, et encore plus net avec son article « Apologie du défaitisme[2] » ou sa nouvelle, *La Contrainte*, écrite en mars 1918[3].

Mais cette évolution, retracée ici en quelques lignes, fut le fruit d'une lente maturation. Au début de la guerre, Zweig rentre en Autriche avec l'intention d'être mobilisé. Il pense partir comme « simple soldat, pour combattre la boue, le froid, la faim et la racaille[4] ». Mais contrairement à son attente et pour le plus grand plaisir de Friderike, qui le croyait incapable de supporter la guerre en première ligne, l'armée le jugea inapte pour le front et le transféra au service des Archives de guerre de la Stiftskaserne de Vienne. Il y fut rejoint par Werfel et Rilke.

Le seul contact qu'eut Zweig avec la réalité de la

---

1. Voir « Le Monde sans sommeil » et « Aux amis de l'étranger » publiés dans le volume 3 de La Pochothèque.

2. *Friedene-Warte*, juillet-août 1918 (inédit en français).

3. Dans le volume 2, *Romans, nouvelles et théâtre*, Le Livre de Poche, La Pochothèque.

4. Lettre à Anton Kippenberg, automne 1914.

guerre fut la mission qu'il effectua en Galicie à l'été 1915. Pourvu d'un laissez-passer spécial, il voyagea dans des trains sanitaires, n'hésitant pas à donner un coup de main, ou dans des convois spéciaux partant ou revenant du front où il côtoya de « simples soldats » qui n'avaient pas eu sa chance. Il faut lire le récit qu'il fit de ces horreurs de la guerre pour comprendre qu'il en fut bouleversé[1]. C'est du reste au voyage en Galicie qu'il attribue, dans *Le Monde d'hier*, sa détermination à écrire sa pièce, *Jérémie*.

En réalité, en dehors de cet épisode et des tourments qu'éveillaient en chacun les nouvelles du front, peu favorables à l'Autriche, Zweig souffrait surtout de ne pas pouvoir travailler à sa guise et d'être contraint à des horaires réguliers par son service aux Archives de guerre. Mais entouré des soins de Friderike, qui s'était installée avec ses filles dans une maison de la banlieue où Zweig les rejoignait chaque soir, il continua en fait à écrire, même si, compte tenu de ses rythmes habituels de production, sa cadence s'était ralentie. Il donne des articles à la *Neue Freie Presse*, au *Carmel* fondé en Suisse par un ami de Rolland[2], il rédige – péniblement – son essai sur Dostoïevski et quelques autres textes, dont *La Légende de la troisième colombe*[3].

En novembre 1917, Zweig, invité en Suisse pour y faire des conférences et diriger les répétitions de

---

1. Publié avec ses journaux de guerre dans *Journaux, 1912-1940*, Belfond, 1986.

2. « La Tour de Babel », publié dans le volume 3 de La Pochothèque.

3. Publiée dans le volume 2 de La Pochothèque.

Jérémie, qui allait être monté à Zurich, obtint une permission et partit avec Friderike. Son séjour en Suisse se prolongea jusqu'à la fin de la guerre, car il réussit en 1918 à se faire démobiliser et à rester en Suisse comme correspondant de la *Neue Freie Presse.*

Au cours de ces longs mois, il vit beaucoup Romain Rolland qui vivait à Villeneuve, à côté de Genève, mais également un groupe d'intellectuels pacifistes, dont Guilbeaux qui allait rejoindre la Russie soviétique, Pierre-Jean Jouve ou le peintre Frans Masereel avec lequel il se lia d'une durable amitié.

Lorsque Zweig revint en Autriche, la guerre était finie. Il rentra en train, comme il l'avait fait quelques jours avant la déclaration de guerre. Mais cette fois, sur son chemin, il croisa le train impérial qui emmenait le dernier empereur d'Autriche et sa famille en exil. Dans *Le Monde d'hier*, il raconte cette scène avec émotion et note : « En cet instant seulement la monarchie presque millénaire avait réellement pris fin. Je savais que je rentrais dans une autre Autriche, dans un autre monde. »

La célébrité de l'entre-deux-guerres

Cette période, qu'on arrêtera à l'arrivée au pouvoir de Hitler, fut sans doute la plus féconde de la vie de Stefan Zweig. L'un de ses amis fit du reste remarquer que son activité d'alors relevait de la « radioactivité ».

Il publie en effet à un rythme soutenu. Des essais littéraires : *Trois Maîtres* en 1920, sa biographie de Romain Rolland l'année suivante, en 1925 *Le Combat avec le démon*, en 1928, *Trois Poètes de leur vie* et *La Guérison par l'esprit* en 1931. Des nouvelles : *Amok* et *Lettre d'une inconnue* en 1922, *La Peur* en 1925, *La Confusion des sentiments* deux ans plus tard, pour ne citer que les textes les plus connus. Des biographies historiques : *Fouché* en 1929 et en 1932 *Marie-Antoinette*, mais aussi les courts épisodes que sont *Les Riches Heures de l'humanité* (1927). A quoi il faut ajouter le théâtre (*Volpone* en 1926, *Un caprice de Bonaparte* en 1929), des poèmes et toutes sortes de textes courts donnés à des revues, telle *Neue Freie Presse*, et enfin des traductions. L'ampleur de l'œuvre produite pendant ces années a de quoi donner le tournis et révèle une incontestable puissance créatrice.

Sans doute était-il encouragé par l'immense écho que rencontraient ses ouvrages parmi ses lecteurs. Son premier grand succès populaire fut obtenu avec le recueil de nouvelles publié en 1922 qui comprenait *Amok* et *Lettre d'une inconnue*. On en vendit 70 000 exemplaires en huit ans.

A compter de ce moment le succès ne se démentit plus. Ainsi *Le Combat avec le démon*, tiré d'abord à 10 000 exemplaires, fut épuisé en quelques semaines. Quant à *La Confusion des sentiments*, 30 000 exemplaires furent vendus dans les trois mois qui suivirent sa parution.

Ce succès ne se cantonnait pas aux pays de langue allemande. Zweig fut rapidement traduit dans un grand nombre de pays, accroissant ainsi le nombre

de ses lecteurs. Lorsque Insel Verlag publia sa biblio-
graphie dans toutes les langues, il fallut un volume
entier pour citer tous les titres parus dans le monde.
A titre d'exemple, on le traduisit en URSS – sous
l'influence de Maxime Gorki – dès 1927, à l'exception du *Dostoïevski* des *Trois Maîtres* qui, selon
Zweig, n'allait pas « dans le sens des bolcheviques ».
En France, pour ne retenir que quelques exemples,
Amok et *Lettre d'une inconnue* furent publiés en
1927 et *La Confusion des sentiments* en 1929. La
même année paraissait *Vingt-quatre heures de la vie
d'une femme*. Il faut rappeler en outre que de son
vivant Zweig inspirait déjà les cinéastes : ainsi *La Peur*
fut adaptée pour le cinéma dès 1928 en Allemagne
et en 1934 en France avec Gaby Morlay. Ce fut
ensuite le cas de *Brûlant secret* mais aussi de *Marie-
Antoinette*.

Sa célébrité exaspérait certains de ses confrères,
dont Hofmannsthal auquel Zweig avait pourtant
gardé sa vénération d'autrefois. Deux destins opposés.
Zweig vivait dans une grande aisance matérielle,
menant une vie très libre, tandis qu'Hofmannsthal,
chargé d'une famille, construisait son œuvre dans des
conditions difficiles. Hofmannsthal méprisait Zweig
et ses succès faciles. Zweig ne s'en doutait pas. La
mort d'Hofmannsthal en 1929, deux ans après celle
de Rilke, lui causa un choc profond. Il apprit avec
stupeur de Richard Strauss, dont il devint le librettiste
après la disparition d'Hofmannsthal – il écrivit le
livret de *La Femme silencieuse* –, que ce dernier avait
posé comme condition expresse de sa collaboration au
festival de Salzbourg que Zweig n'y participerait
jamais. Friderike rapporte que son mari « put à peine

croire à cette rivalité impitoyable du poète qu'il avait admiré sans réserve[1] ».

Bien avant d'apprendre la jalousie d'Hofmannsthal, Stefan Zweig détestait et fuyait le festival de Salzbourg. Cette ville était en effet devenue son lieu de résidence depuis qu'à la fin de la guerre il avait acheté la grande maison du Kapuzinerberg, au-dessus de Salzbourg. Il s'agissait d'un pavillon de chasse archiépiscopal (Salzbourg était dirigée par un archevêque : on connaît les querelles qui opposèrent Mozart à l'archevêque Colloredo), agrandi au XVIIIᵉ siècle par l'adjonction de deux ailes latérales. Malgré son délabrement, il avait beaucoup plu à Stefan et Friderike lorsqu'ils l'avaient découvert lors d'un séjour à Salzbourg en 1916.

Friderike fut chargée par celui qui n'était pas encore son mari d'en négocier l'acquisition puis, lorsqu'ils s'y installèrent après la fin de la guerre, de surveiller les travaux de réparation. Zweig ne vint s'y établir que lorsque la maison fut devenue habitable. Lui, qui n'aima jamais Vienne tant qu'il put y résider sans entraves, souhaitait en effet vivre à l'écart pour travailler à son rythme. Jusqu'au moment où se posa la question de l'exil, le Kapuzinerberg fut son point d'attache.

Une attache bien souple, car il n'y passa jamais une année entière. Sa manie des voyages le reprit dès la fin de la guerre. Au cours de l'entre-deux-guerres, il fit de nombreux séjours en Allemagne – pour des conférences ou pour y rencontrer Anton Kippenberg,

---

1. Cité dans Friderike Zweig, *Stefan Zweig wie ich ihn erlebte*, Stockholm Neuer Verlag 1947 (inédit en français).

son éditeur – mais aussi en France où il avait beaucoup d'amis, en Italie, en Suisse et même en Russie.

Rares furent les voyages où Friderike l'accompa-
gna. Il aimait partir seul pour mener pendant
quelques semaines une existence indépendante, ce
qui ne l'empêchait pas de rendre compte à sa femme
de ses aventures de voyage. Il avait besoin de ces
passades sans importance autant que de ses déplace-
ments. Tous deux relevaient d'une même conduite
de fuite.

Ce n'est pas seulement la vie de famille avec
Friderike et ses deux filles que fuyait Zweig, mais
surtout lui-même. S'il pouvait être jovial et aimable,
il était tout aussi bien la proie de sautes de caractère
qu'il appelait ses « humeurs noires », et qui pou-
vaient durer assez longtemps. Dans ces cas-là, il quittait le Kapuzinerberg et allait épuiser ailleurs sa
mélancolie pour ne pas l'imposer à son entourage. Il
semble avoir songé très tôt, comme Kleist – auquel
il consacra un essai –, à se suicider et aurait proposé
à Friderike de l'accompagner dans la mort. Ce qui
paraît certain, c'est que les accès de dépression furent
de plus en plus fréquents et de plus en plus profonds
au fur et à mesure que les années passaient. Arnold
Zweig, son presque homonyme, note – contrairement
à beaucoup de leurs contemporains qui ne soupçon-
nèrent jamais le désarroi intime de Stefan Zweig –
qu'il avait « un regard plein d'angoisse dans un visage
traqué ».

Il est peut-être surprenant qu'un homme qui
n'avait jamais eu – et n'aurait jamais – le moindre
problème matériel et à qui tout réussissait ait échoué
à être heureux. Friderike disait : « A quoi bon tous

ces succès lorsque l'on est si triste[1]. » Le succès était précisément un sujet de dépression pour un homme qui, naturellement, n'avait pas de dispositions pour le bonheur. En son for intérieur, Zweig doutait en effet de la légitimité de sa réussite littéraire. Ainsi écrivit-il à son ami Fleischer, avec un brin de coquetterie cependant : « Je ne supporte aucune louange car je ne suis pas content de moi. » Le succès lui pesait également parce qu'il le privait de son anonymat. « On paye la soi-disant gloire avec la cession de la vie privée… Rien ne nous appartient plus », écrivit-il à Romain Rolland[2].

C'est au cours de ses voyages qu'il éprouvait tout particulièrement sa célébrité. Partout où il allait, il était attendu et célébré. Au point qu'il se plaignit, lors d'un séjour en Suisse, en août 1926, de n'avoir pu garder son anonymat. A son hôtel on l'avait reconnu : il n'était plus tranquille.

Cependant, il arriva souvent que Zweig se félicitât d'être aussi bien accueilli. Ce fut le cas notamment lors de son voyage en URSS en septembre 1928. Il y avait été invité pour la célébration du centenaire de Tolstoï (*Trois poètes de leur vie*, qui comporte un essai sur Tolstoï, était paru cette année-là). Au cours de ce voyage, Zweig fut fêté à la mesure de sa gloire. On l'emmena à Iasnaïa Poliana, l'ancienne propriété de Tolstoï, et il put se recueillir sur sa tombe.

Zweig fut si bien traité, selon la politique d'alors des dirigeants soviétiques qui s'évertuaient à séduire

---

1. Lettre de Friderike Zweig à Leonhard Adelt, que Donald Prater date d'août 1926.

2. Lettre à Romain Rolland du 20 mai 1927.

les intellectuels occidentaux, qu'il aurait pu rentrer chez lui convaincu de la réussite du communisme. Mais, ainsi qu'il le raconte dans *Le Monde d'hier*, il découvrit un soir dans l'une de ses poches une lettre anonyme le mettant en garde contre ce qu'il voyait et ce qu'il entendait, et lui signalant qu'il était constamment surveillé et écouté. Conformément aux instructions de son correspondant, Zweig brûla la lettre, mais fut ébranlé.

A son retour d'URSS, il garda une grande réserve, contrairement à son ami Romain Rolland, par exemple. De même approuva-t-il en 1936 la publication du *Retour d'URSS* de Gide. Son manque d'enthousiasme pour l'expérience soviétique fut du reste l'une des raisons du refroidissement de ses rapports avec Rolland.

Cependant, le silence de Zweig sur l'expérience soviétique s'explique également par sa disposition naturelle à ne jamais prendre parti et à conserver jalousement son indépendance intellectuelle. Il refusa toujours de s'engager, y compris contre le nazisme, et ce, en grande partie, par un individualisme farouche.

Non qu'il n'eût pas d'idées. Certaines n'étaient pas toujours d'un grand bon sens, comme le prouvent ses erreurs d'appréciation lors de la montée en puissance du nazisme, mais sa ligne générale était claire. Il était d'abord et avant tout un citoyen du monde, ennemi de tout nationalisme étroit. Européen avant la lettre, il adhérait cependant davantage à une Europe intellectuelle et des idées qu'à une vision politique de l'Europe. Même s'il se trompa d'abord sur la portée du nazisme, il pressentit dès cette époque que l'Europe était « au terme de sa mission », pensée qui ne pouvait qu'accentuer son profond et naturel pessimisme.

L'exil

Stefan Zweig sous-estima d'abord la signification des premiers succès des nazis. Après les élections du 14 septembre 1930 au Reichstag, qui donnèrent 107 sièges au national-socialisme, Zweig considéra qu'il s'agissait d'un phénomène transitoire qui rendrait peut-être à l'Allemagne son goût de la liberté. A cette époque, il haïssait le matérialisme des Français et lui préférait, écrivit-il, « le délire stupide des hitlériens ».

Mais en 1933, alors qu'il est trop tard, Zweig a enfin compris la nature du nazisme. Plus encore, il pressent que l'Autriche n'échappera pas longtemps à ce mal. Tout en effet lui est raison d'inquiétude. Kippenberg, le directeur d'Insel Verlag, ne peut plus le publier ; le 10 mai 1933 à Berlin, ses livres sont brûlés publiquement. Dans ce désastre surnage un incident tragi-comique, que rappelle Zweig dans son autobiographie. Le film tiré de sa nouvelle *Brûlant secret* sortait à Berlin lorsqu'eut lieu l'incendie du Reichstag. Les Berlinois s'attroupèrent devant les affiches du film en plaisantant. Le soir même, la Gestapo faisait interdire le film et déposer les affiches.

Très vite, l'idée s'empara de Zweig qu'il ne pouvait pas rester en Autriche. Il ne s'agissait pas encore pour lui d'un exil définitif. Simplement, il avait besoin de liberté pour travailler et échapper à la tension que provoquait en lui la situation en Allemagne.

Tout atteste en effet que Zweig était bouleversé par le régime de terreur que Hitler introduisait alors en Allemagne. Mais contrairement à d'autres intellectuels allemands, tel Thomas Mann, il refusa de prendre publiquement position contre le nazisme. Sa réponse à l'arrivée au pouvoir de Hitler fut *Erasme*, qu'il alla terminer en Angleterre.

En octobre 1933, il s'installa d'abord à l'hôtel, puis, très vite, dans un appartement au 11, Portland Place. Il passait ses journées au British Museum à travailler à son essai sur *Erasme*. Il n'ignorait pas les difficultés qu'il aurait à le faire publier en allemand. Aussi, à son retour en Autriche, en décembre, suscita-t-il la création d'une maison d'édition autrichienne par son ami Reichner, qu'il chargea de la publication d'*Erasme*.

Sans être totalement arrêtée, l'idée d'abandonner son pays progressait dans l'esprit de Zweig. Auteur célèbre, ayant dépassé la cinquantaine, il avouait avoir envie d'une nouvelle vie. Mais en Autriche, il y avait sa nouvelle maison d'édition – son dernier lien avec la langue allemande –, sa grande demeure de Salzbourg et Friderike.

Peut-être Stefan Zweig serait-il resté plusieurs années dans l'hésitation, tenté de s'exiler, mais incapable de s'y résigner vraiment, s'il n'y avait pas eu en 1934 plusieurs incidents qui le déterminèrent à quitter définitivement l'Autriche. Le « définitivement » a quelque chose d'excessif car jusqu'à l'Anschluss, Zweig y fit de courts mais nombreux séjours, notamment pour voir son éditeur ou sa mère, qui mourut

à Vienne peu après l'annexion de l'Autriche par
l'Allemagne.

En février 1934, alors qu'il était à Vienne, des
combats de rue opposèrent les différentes factions
politiques. Mais surtout, à son retour à Salzbourg,
quelques jours plus tard, il fut tiré du lit un matin
par la police qui avait reçu l'ordre de perquisitionner
chez lui, à la recherche d'armes. Elle ne découvrit
en réalité qu'un vieux revolver qu'on lui avait remis
pendant la dernière guerre. Cependant, blessé et
convaincu que c'était « la victoire de l'idée fasciste »
et que la guerre approchait, Zweig résolut de partir
sur-le-champ.

Il regagna Londres, accompagné cette fois par Friderike qui venait préparer son installation en Angleterre. Il était convenu qu'elle y laisserait son mari et
retournerait en Autriche liquider le Kapuzinerberg.
Mais dès cette époque sans doute, Zweig aspirait à
retrouver une totale liberté. Il envisageait, inconsciemment peut-être, de rompre les ponts avec
l'ensemble de son passé : son pays, sa maison et sa
femme. Sans le savoir, Friderike précipita les choses.

Stefan Zweig avait alors entrepris une nouvelle
biographie, celle de Marie Stuart, et avait besoin,
selon son habitude, d'une secrétaire. Friderike se mit
à la recherche d'une collaboratrice pour son mari.
C'est ainsi qu'entra dans leur vie Charlotte Altmann.
Âgée de vingt-six ans, elle avait émigré en Angleterre
dès 1933. Cultivée, elle parlait bien anglais. Elle
devint la secrétaire de Zweig et, ultérieurement, sa
seconde femme.

Friderike en effet retourna en Autriche. Mais il lui
fallut très longtemps pour vendre le Kapuzinerberg

et, vraisemblablement, la décision de son mari de se séparer de cette maison lui coûtait. Quoi qu'il en soit, Zweig ne cessa de s'irriter que la vente du Kapuzinerberg prenne du temps et le reprocha à Friderike. Tout était alors prétexte à dispute, sans doute parce que, au fond de lui, Zweig avait décidé de quitter sa femme. Lotte Altmann n'en fut certainement pas la cause, c'est l'état d'esprit de Zweig à cette époque qui précipita leur séparation. Au reste, elle ne se fit pas brutalement. Friderike continua à s'occuper de la vente des biens autrichiens de son mari. Lorsqu'il s'installa au 49, Hallam Street, c'est encore elle qui veilla à disposer ses meubles et ses livres de manière à reconstituer, presque à l'identique, le bureau du Kapuzinerberg. Ils passèrent en outre souvent une partie de leurs vacances ensemble, même si Lotte n'était jamais loin. Pendant quatre ans, Zweig ne cessa de pousser à une séparation, puis, dévoré par le remords, à le regretter. En définitive, ils ne divorcèrent qu'en décembre 1938. Même alors, ils demeurèrent liés par l'amitié et continuèrent à se voir et à s'écrire régulièrement.

Pendant quelques mois, l'installation à Londres et l'arrivée de Lotte redonnèrent à Stefan Zweig une nouvelle vitalité. Mais sa nature et, plus encore, la montée des tensions en Europe ne tardèrent pas à le rattraper.

Il put observer le sort fait à son œuvre en Allemagne lors de la représentation à Dresde en 1934 de *La Femme silencieuse*, l'opéra de Strauss dont il avait rédigé le livret. Ecrit par un Juif, cet opéra n'aurait pas dû être représenté. Mais Hitler tenait beaucoup à l'adhésion de Richard Strauss au régime. Après de nombreuses hésitations, il trancha en faveur de *La Femme silencieuse*. Cependant, après trois représentations, l'opéra fut retiré de la scène et interdit en Allemagne.

L'affaire de *La Femme silencieuse*, au cours de laquelle Stefan Zweig garda le plus parfait silence, provoqua à la fois le mécontentement de ceux qui lui reprochaient de ne pas protester et l'irritation de ceux qui s'indignaient qu'il acceptât d'être joué en Allemagne. La position choisie par Zweig n'était pas facile à tenir en ces temps difficiles. Il s'y conforma cependant assez longtemps, notamment en septembre 1936, lors du congrès du Pen Club International à Buenos Aires. Mais au fond de lui, quelque chose était atteint définitivement. A cette époque, il confia à l'un de ses amis : « Une infinité de choses se sont éteintes en moi ces dernières années. »

Il ne lui restait plus que le travail, mais il n'écrivait plus avec l'abondance d'autrefois. *Marie Stuart*, paru en 1935, fut un énorme succès : aux Etats-Unis, 300 000 exemplaires furent vendus cette année-là. Cette biographie fut suivie de *Castellion contre Calvin* en mai 1936, où Zweig reprenait les thèmes d'*Erasme*. Il publia aussi *Le Chandelier enterré* et travailla à son *Magellan*, à de nouvelles « Heures étoilées » ainsi qu'à *La Pitié dangereuse* qui, publié en 1940 en Angleterre, eut un grand succès.

Au moment de l'Anschluss, le Kapuzinerberg était enfin vendu, mais bien au-dessous de sa valeur réelle. La plupart des collections de Zweig avaient été dispersées. Ce qui restait encore en Autriche fut saisi par la Gestapo et vendu aux enchères. Mais cela désespérait moins Zweig que la fuite de Reichner à

Zurich – il n'avait plus d'éditeur en langue allemande – et surtout la disparition de son pays qui le
laissait sans nationalité.

Il avait depuis un certain temps déjà entrepris les
démarches nécessaires pour obtenir la nationalité britannique, mais la décision de naturalisation tarda à
venir. La Seconde Guerre mondiale éclata avant qu'on
lui ait donné satisfaction, le faisant classer parmi « les
étrangers ennemis », dispensés toutefois d'interne-
ment. C'est à cette époque également qu'il décida
d'épouser Lotte, probablement moins par amour que
par pitié : elle était malade et, elle aussi, dépourvue
de passeport britannique.

Privé de la liberté d'aller et de venir, Zweig dut
demander l'autorisation de se rendre à Londres – le
couple habitait alors Bath – pour y prononcer l'éloge
funèbre de Freud, le 25 septembre 1939. Il n'obtint
la nationalité britannique que l'année suivante, le
12 mars, à un moment où il songeait déjà à s'éloigner
de l'Europe.

Pendant cette période du premier exil, Zweig
n'avait pas renoncé à son goût des voyages. Il se
déplaça beaucoup en Europe, mais aussi en Amérique. Il alla aux Etats-Unis en janvier 1935 et en 1936,
sur le chemin de Buenos Aires, il s'arrêta au Brésil
où il reçut un accueil royal. Il fut très vite séduit par
ce pays à côté duquel l'Argentine lui parut fade. Sans
cette expérience, il n'aurait sans doute pas choisi de
s'installer au Brésil lorsque, ayant quitté le vieux
continent, il eut du mal à s'habituer aux Etats-Unis.

Au moment de prendre congé de l'Europe, Zweig
tourna ses regards vers son pays, l'Autriche, que longtemps il n'avait pas aimé, et commença à rédiger son

autobiographie. Lui, qui avait souvent été agacé par les travers de sa patrie et, plus encore, par ceux de Vienne, retrouva soudain ses souvenirs anciens et ressuscita un monde disparu. Au point que, lorsque Friderike le fit venir à Paris pendant l'hiver 1940 pour y donner des conférences, il choisit, à l'étonnement de Friderike, de parler de la « Vienne d'hier ». Cette brève expédition à Paris fut son dernier voyage en France.

Les dernières années

Lorsque les Allemands envahirent la France, Zweig décida de s'embarquer pour l'Amérique. Lotte et lui prirent le bateau pour les Etats-Unis sans penser qu'ils ne reviendraient plus en Angleterre. Au reste, ils laissaient derrière eux, dans leur maison de Bath, nombre de leurs possessions, dont le manuscrit du *Balzac* auquel Zweig travaillait depuis plusieurs années.

Ils n'avaient qu'un visa de transit pour les Etats-Unis, car leur intention était de continuer vers le Brésil. Des Etats-Unis cependant, Zweig tenta d'aider Friderike et ses filles à quitter la France où elles avaient trouvé refuge. Grâce à l'intercession de son ancien mari, elle parvint à s'embarquer sur un paquebot grec ainsi que nombre d'intellectuels autrichiens – les Werfel –, ou allemands – Golo et Heinrich Mann. Mais Zweig ne l'apprit qu'à Rio de Janeiro où il se trouvait avec Lotte depuis le mois d'août.

Ce départ pour l'Amérique du Sud ne correspondait pas à un désir de s'exiler définitivement. Zweig s'était engagé à une tournée de conférences en Argentine et en Uruguay. Le Brésil, qui lui avait plu lorsqu'il l'avait découvert en 1936 et où il avait un éditeur, Koogan, lui semblait un agréable lieu de séjour en attendant de regagner les Etats-Unis et peut-être, même s'il y comptait de moins en moins, l'Angleterre.

Les conférences en Argentine, prononcées pour partie en espagnol, furent un triomphe et Zweig en retira des revenus substantiels, dont une grande part fut abandonnée aux organisations de secours anglaises et allemandes. Contrairement à nombre de ses confrères, Zweig, qui était édité dans le monde entier, ne souffrait pas de ne plus toucher de droits d'auteur en Allemagne. Il aida beaucoup d'exilés à subsister dans le Nouveau Monde.

Malgré le succès de ses conférences et le plaisir qu'il prenait à son séjour au Brésil, Stefan Zweig était de nouveau en proie à la dépression. Plusieurs facteurs en étaient cause : la situation internationale le désespérait d'autant plus qu'il était convaincu qu'il appartenait à un monde à jamais englouti par la guerre ; le fait d'écrire dans une langue qui lui était désormais interdite lui donnait le sentiment d'avoir perdu sa patrie une seconde fois ; enfin Zweig n'accepta jamais l'idée de vieillir : il approchait de la soixantaine et ne le supportait pas.

Bien que la perte de son manuscrit sur Balzac contribuât également à son désespoir, il continuait à écrire son autobiographie et travaillait à un livre sur le Brésil, le futur *Brésil, terre d'avenir*. Pour ce dernier ouvrage, qui, lorsqu'il sortit, fut mal accueilli au Brésil parce qu'il n'insistait pas assez sur son modernisme, il fit en janvier 1941, avec Lotte, un voyage dans le nord du pays.

Cependant, dès le 23 janvier, il était de nouveau à New York où, par le plus grand des hasards, il rencontra Friderike le lendemain de son arrivée, dans les bureaux du consulat britannique. Il passa environ six mois et demi à New York ou dans ses environs, à travailler d'arrache-pied aux différents ouvrages qu'il avait en chantier : *Le Monde d'hier, Brésil, terre d'avenir* et une biographie d'Amerigo Vespucci.

Zweig redoutait la vie aux Etats-Unis parce qu'il s'y trouvait trop de réfugiés auxquels il ne pouvait fermer sa porte et qui ralentiraient son travail. Sans doute est-ce pour cela qu'à New York, il préféra New Haven et la bibliothèque de Yale et, fin juin, une petite villa à Ossining, non loin de Friderike.

Zweig et Friderike avaient établi entre eux des relations cordiales. Elle l'aida beaucoup à remettre de l'ordre dans ses souvenirs pour la rédaction de son autobiographie (toutes ses archives étaient restées à Bath). Durant les semaines qu'il passa à Ossining, banlieue proche de Sing-Sing, Zweig travailla huit ou neuf heures par jour avec l'aide de Lotte et d'Alix, l'une des filles de Friderike, qui tapaient ses manuscrits. Cette période de grand labeur le fatigua de même que Lotte qui, sujette à l'asthme, souffrait de troubles respiratoires. Très vraisemblablement, la lassitude vint-elle s'ajouter à la dépression latente qui torturait Zweig. Ceux qui le rencontrèrent alors, Klaus Mann par exemple, lui trouvèrent un regard désespéré.

Finalement, son autobiographie presque achevée, il s'embarqua de nouveau pour Rio avec Lotte le

15 août 1941. Ses adieux à ses amis et à Friderike
laissent penser qu'il avait déjà décidé de mettre fin à
ses jours. Ainsi donna-t-il à l'un de ses amis la
machine à écrire portative sur laquelle travaillait
Lotte depuis des années, en prétextant qu'elle les
encombrerait pendant le voyage.

Au Brésil, Zweig loua une petite maison à Petropolis. Cette station de montagne avait été choisie à
cause de son climat bienfaisant. Elle ressemblait en
outre aux petites villes autrichiennes. Ils y passèrent
quelques semaines idylliques à jouir de la paix – à
l'exception d'Ernst Feder, l'ancien rédacteur en chef
du *Berliner Tageblatt*, et de sa femme, il n'y avait pas
d'autres réfugiés – et de la vue.

Mais, de nouveau, la mélancolie reprit le dessus.
Zweig, qui avait tant souffert d'être dérangé dans ses
travaux, supportait mal son isolement. Lui man-
quaient également les grandes bibliothèques améri-
caines. Néanmoins, ayant découvert à Petropolis un
exemplaire des *Essais* de Montaigne, l'idée lui vint
d'écrire sa biographie. De New York, Friderike lui
envoya les ouvrages nécessaires. Il se mit à l'œuvre,
conscient cependant de ne pouvoir se concentrer
aussi bien qu'autrefois. Dans le même temps, il écrivait sa dernière nouvelle, *Le Joueur d'échecs*. Toutes
ces œuvres, de même que son autobiographie, ne
parurent qu'après sa mort.

Les raisons qu'il avait de se sentir malheureux se
multipliaient sans cesse. Il devait jouer avec l'idée du
suicide depuis plusieurs mois, au gré de ses humeurs.
Pourquoi choisit-il de mettre fin à ses jours le 22 février
1942 ?

Le 16 février, il se rendit à Rio avec Lotte et les

Feder. Il avait l'intention d'y rester jusqu'au lendemain et de se mêler à la liesse générale. Mais en
apprenant que Singapour venait de tomber aux mains
des Japonais, il rentra sur-le-champ à Petropolis.
Cette nouvelle lui fut insupportable.

Le 19, il était de nouveau à Rio pour déposer son
testament chez son avocat et un paquet à Koogan,
son éditeur brésilien, « à mettre en lieu sûr », qui
contenait ses instructions posthumes.

Il passa les derniers jours à écrire des lettres à ses
amis et à mettre ses affaires en ordre. Le samedi
21 février au soir, Lotte et Stefan invitèrent Feder et
sa femme. Zweig lui remit divers ouvrages et lui
demanda, au moment où ils se quittaient, de lui par-
donner ses humeurs noires.

Le 22 au matin, il écrivit encore des lettres, dont
la dernière à Friderike où il expliquait son geste et
l'assurait qu'il était « calme et heureux ». Il rédigea
également une lettre ouverte en allemand, précédée
d'une « Déclaration » en portugais. Là encore, il se
justifiait et concluait par ces lignes : « Je salue tous
mes amis ! Puissent-ils voir encore les lueurs de l'aube
après la longue nuit ! Moi, je suis trop impatient, je
les précède. »

Lotte et lui absorbèrent du véronal dans l'après-
midi, à un moment où ils étaient seuls dans la maison.
Leurs domestiques ne les trouvèrent que le lendemain. Malgré le souhait de Zweig d'avoir des
obsèques simples, le Brésil lui fit des funérailles natio-
nales.

Emporté par son tempérament dépressif qui
n'avait pas supporté les contraintes de l'exil et de
l'âge qui venait, Zweig ne verrait pas « les lueurs de

l'aube ». Sa mort choqua profondément les autres exilés. Aucun d'entre eux, qui vivaient souvent dans des conditions matérielles précaires, ne comprit vraiment son désespoir. Certains, dont Thomas Mann, jugèrent son acte égoïste parce qu'il allait plonger les autres émigrés dans le découragement.

A Stefan Zweig, qui avait sa vie durant douté de la valeur de son œuvre malgré son immense célébrité, la postérité allait cependant laisser une place non négligeable dans la littérature internationale. Son suicide, aux raisons multiples, et si diversement commenté, rendit en outre à sa vie, que l'extérieur avait toujours jugée facile, sa véritable dimension, celle d'une tragédie personnelle.

Table

Stefan Zweig
dans Le Livre de Poche

ROMANS ET NOUVELLES

Amok n° 6996

La passion en ce qu'elle a d'irrésistible et de semblable à la folie : c'est le thème central de ces trois récits
publiés en 1922. L'*amok*, en Malaisie, est celui qui,
pris de frénésie sanguinaire, court devant lui, détrui-
sant hommes et choses, sans qu'on puisse rien faire
pour le sauver. Le narrateur rencontre sur un paquebot un malheureux en proie à cette forme mystérieuse
de démence.

L'Amour d'Erika Ewald n° 9520

Quatre récits parus en 1904. Que l'histoire se situe
sur la Riviera au début du siècle, à Anvers au temps
des guerres de Religion ou à Jérusalem le jour de la
crucifixion du Christ, les thèmes majeurs de l'œuvre
de Zweig apparaissent ici : l'amour générateur de
souffrances secrètes, qui conduisent à la mort ou à la

purification, les correspondances secrètes des êtres par-delà l'absurdité des destinées.

Brûlant secret   nº 15353

Comment le désir et la passion, enracinés au fond de chaque être, peuvent le révéler à lui-même et boule-verser son destin : tel est le secret que tentent de percer les quatre récits qui composent ce volume. Dans des situations très diverses, Zweig explore avec audace des sentiments troubles et fascinants, témoi-gnant d'une absolue maîtrise de son art de romancier.

Clarissa   nº 9528

Clarissa, fille d'un militaire autrichien, est née en 1894. A l'aube du premier conflit mondial, elle rencontre à Lucerne, en Suisse, un jeune socialiste français, Léo-nard, qui n'est pas sans évoquer Romain Rolland. La guerre les sépare, mais Clarissa attend un enfant. Dans l'Europe déchirée, en proie à l'hystérie nationaliste, son acceptation de cette maternité va devenir, plus qu'une décision personnelle : un destin et un symbole.

La Confusion des sentiments   nº 9521

Au soir de sa vie, un vieux professeur se souvient de l'aventure qui, plus que les honneurs et la réussite de sa carrière, a marqué sa vie. A dix-neuf ans, il a été

fasciné par la personnalité d'un de ses professeurs ;
l'admiration et la recherche inconsciente d'un Père
font alors naître en lui un sentiment mêlé d'idolâtrie,
de soumission et d'un amour presque morbide.

Destruction d'un cœur   n° 9525

Stefan Zweig s'est attaché, selon ses propres mots, à
donner à chacune de ces trois nouvelles toute « la
substance d'un livre ». Dans *Destruction d'un cœur,*
un vieil homme ne se résout pas à admettre que sa
fille devienne adulte. Il se laisse consumer par une
jalousie qui, peu à peu, l'isole de ses semblables.

Ivresse de la métamorphose   n° 9523

Dernière œuvre de Stefan Zweig, non publiée de son
vivant, ce testament romanesque nous transporte dans
l'Autriche de l'entre-deux-guerres. Christine, modeste
employée des Postes, a vu mourir son père et son frère.
L'invitation impromptue d'une riche tante d'Amérique achève de la révolter contre la médiocrité de sa
vie, sentiment qu'elle partage bientôt avec Ferdinand,
ancien combattant, mutilé, devenu chômeur.

Le Joueur d'échecs   n° 7309

Qui est cet inconnu capable d'en remontrer au grand
Czentovic, le champion mondial des échecs, véritable

prodige aussi fruste qu'antipathique ? Peut-on croire, comme il l'affirme, qu'il n'a pas joué depuis plus de vingt ans ? Voilà un mystère que les passagers oisifs de ce paquebot de luxe aimeraient bien percer. Le narrateur y parviendra.

La Peur   n° 15370

Ce recueil de six nouvelles illustre à la perfection le génie de l'observation de Stefan Zweig, son sens magistral de la psychologie dans l'analyse des comportements humains. Zweig voulait, dans ces six chefs-d'œuvre, « résumer le destin d'un individu dans un minimum d'espace et donner dans une nouvelle la substance d'un livre ».

Les Prodiges de la vie   n° 14016

Cette nouvelle, l'une des premières de Stefan Zweig, se déroule à Anvers, à la veille de la guerre d'indépendance des Pays-Bas. Articulé autour de la création et de la destruction d'un tableau religieux, ce récit poétique raconte comment un vieux peintre, chargé de faire le portrait d'une madone pour une église, la voit s'incarner sous les traits d'une jeune juive.

Romans et nouvelles   (La Pochothèque)

Conte crépusculaire / Brûlant secret / La Peur / Amok / La Femme et le Paysage / La Nuit fantastique

/ Lettre d'une inconnue / La Ruelle au clair de lune / Vingt-quatre heures de la vie d'une femme / La Confusion des sentiments / La Collection invisible / Leporella / Le Bouquiniste Mendel / Révélation inattendue d'un métier / Virata / Rachel contre Dieu / Le Chandelier enterré / Les Deux Jumelles / La Pitié dangereuse / Le Joueur d'échecs

Romans, nouvelles et théâtre   (La Pochothèque)

Dans la neige / L'Amour d'Erika Ewald / L'Etoile au-dessus de la forêt / La Marche / Les Prodiges de la vie / La Croix / La Gouvernante / Le Jeu dangereux / Thersite / Histoire d'une déchéance / Le Comédien métamorphosé / Jérémie / La Légende de la troisième colombe / Au bord du lac Léman / La Contrainte / Destruction d'un cœur / Un mariage à Lyon / Ivresse de la métamorphose / Clarissa

Un mariage à Lyon   n° 13893

Zweig nous entraîne ici dans différents moments de l'histoire. La violence des hommes, le tragique des destinées inutilement broyées s'inscrivent en traits de feu dans chacun de ces récits sobres et forts, ramenés à l'essentiel, au sens le plus exigeant du mot.

Vingt-quatre heures de la vie d'une femme n° 4340

Scandale dans une pension de famille « comme il faut », sur la Côte d'Azur du début du siècle : Mme Henriette, la femme d'un des clients, s'est enfuie avec un jeune homme qui pourtant n'avait passé là qu'une journée… Seul le narrateur tente de comprendre cette « créature sans moralité ».

Wondrak   n° 14057

Dans ces nouvelles longtemps inédites en français, on retrouve les grandes préoccupations humanistes de Zweig : sa compassion envers le malheur humain, son horreur de la guerre, sa foi dans les valeurs – l'idéal, la générosité, l'amour – qui peuvent, en quelques instants, illuminer une existence entière. Chacune crée en quelques pages une situation dramatique qui nous empoigne, des personnages qu'il est difficile d'oublier.

Du même auteur :

Romans, nouvelles, théâtre

ADAM LUX, Publications de l'université de Rouen.

AMOK, Stock.

AMOK OU LE FOU DE MALAISIE, Le Livre de Poche.

L'AMOUR D'ERIKA EWALD, Belfond ; Le Livre de Poche.

BRÛLANT SECRET, Grasset, « Cahiers Rouges ».

LE CHANDELIER ENTERRÉ, Grasset, « Cahiers Rouges ».

CLARISSA, Belfond ; Corps 16 ; Le Livre de Poche.

LA CONFUSION DES SENTIMENTS, Stock ; Le Livre de Poche.

DESTRUCTION D'UN CŒUR, Belfond ; Corps 16 ; Le Livre de Poche.

IVRESSE DE LA MÉTAMORPHOSE, Belfond ; Le Livre de Poche.

LE JOUEUR D'ÉCHECS, Stock ; Le Livre de Poche ; À vue d'œil.

LA PEUR, Grasset, « Cahiers Rouges » ; Le Livre de Poche.

LA PITIÉ DANGEREUSE, Grasset, « Cahiers Rouges » ; Le Livre de Poche.

PRINTEMPS AU PRATER, Le Livre de Poche.
LES PRODIGES DE LA VIE, Le Livre de Poche.
ROMANS ET NOUVELLES, vol. 1, Le Livre de Poche,
    « La Pochothèque ».
ROMANS, NOUVELLES, THÉÂTRE, vol. 2, Le Livre de
    Poche, « La Pochothèque ».
UN CAPRICE DE BONAPARTE, Grasset, « Cahiers
    Rouges ».
UN MARIAGE À LYON, Belfond ; Le Livre de Poche.
UN SOUPÇON LÉGITIME, Grasset.
VINGT-QUATRE HEURES DE LA VIE D'UNE FEMME,
    Stock ; Le Livre de Poche.
WONDRAK, Belfond ; Le Livre de Poche.

Essais, biographies et écrits autobiographiques

AMERIGO, Belfond ; Corps 16 ; Le Livre de Poche.
L'AMOUR INQUIET, *Correspondance 1912-1942 avec
    Friderike Zweig*, Des Femmes.
BALZAC, Albin Michel ; Le Livre de Poche.
LE BRÉSIL, TERRE D'AVENIR, Éditions de l'Aube.
LE COMBAT AVEC LE DÉMON, Belfond ; Le Livre de
    Poche.
CONSCIENCE CONTRE VIOLENCE, Castor Astral.
CORRESPONDANCE 1897-1919, Grasset, 2000 ; Le
    Livre de Poche.
CORRESPONDANCE 1920-1931, Grasset, 2003 ; Le
    Livre de Poche.
CORRESPONDANCE 1931-1936 *avec Richard Strauss*,
    Flammarion.

CORRESPONDANCE *avec Émile et Marthe Verhaeren*, Labor.

CORRESPONDANCE *avec Sigmund Freud*, Rivages.

ÉMILE VERHAEREN, *sa vie, son œuvre*, Belfond ; Le Livre de Poche.

ÉRASME, Grasset, « Cahiers Rouges » ; Le Livre de Poche.

ESSAIS, Le Livre de Poche.

LES GRANDES VIES, coll. « Bibliothèque Grasset », Grasset.

LA GUÉRISON PAR L'ESPRIT, Belfond ; Le Livre de Poche.

HOMMES ET DESTINS, Belfond ; Le Livre de Poche.

JOSEPH FOUCHÉ, Grasset ; Le Livre de Poche.

JOURNAUX, Belfond ; Le Livre de Poche.

MAGELLAN, Grasset.

MARIE STUART, Grasset ; Le Livre de Poche.

MARIE-ANTOINETTE, Grasset ; Le Livre de Poche.

LE MONDE D'HIER, Belfond ; Le Livre de Poche.

MONTAIGNE, PUF.

NIETZSCHE, Stock.

PAYS, VILLES, PAYSAGES, Belfond ; Le Livre de Poche.

SOUVENIRS ET RENCONTRES, Grasset, « Cahiers Rouges ».

LES TRÈS RICHES HEURES DE L'HUMANITÉ, Belfond ; Le Livre de Poche.

TROIS MAÎTRES, Belfond ; Le Livre de Poche.

TROIS POÈTES DE LEUR VIE : STENDHAL, CASANOVA, TOLSTOÏ, Belfond ; Le Livre de Poche.

Composition réalisée par PCA

Achevé d'imprimer en janvier 2010 en France par
MAURY Imprimeur – 45330 Malesherbes
N° d'imprimeur : 152852
Dépôt légal 1ʳᵉ publication : mars 2010
LIBRAIRIE GÉNÉRALE FRANÇAISE
31, rue de Fleurus – 75278 Paris Cedex 06

31/3314/7